rororo

Deutsche fallen überall in der Welt dadurch auf, dass sie versuchen, nicht als Deutsche aufzufallen. Woher kommt das? Wieso wissen wir nicht, wer wir sind? Besteht unsere nationale Identität darin, keine zu haben? Deutschlands unterhaltsamster Historiker macht sich auf die Suche nach dem Selbstbild der Deutschen. Fündig wird er in den USA, Europa und schreckt auch nicht vor einer Reise zur Pension *Gisela* im Harz zurück, weitab jedes Sushi-Lieferservices, dafür in hautengem Kontakt mit deutschen Rentnergruppen. Letztlich lernt er: ohne «Woher» kein «Wohin». So international und globalisiert wir uns heute auch fühlen, wir brauchen Heimat – und das, was sie im besten Sinne ausmacht.

Sebastian Schnoy, Jahrgang 1969, lebt in Hamburg. Nach dem Studium der Geschichte wurde er Kabarettist und gibt rund 150 Vorstellungen pro Jahr in ganz Deutschland. 2006 erschien sein Debütroman «Rampenfieber». Sein Buch «Smørrebrød in Napoli. Ein vergnüglicher Streifzug durch Europa» (rororo 62449) avancierte 2009 zum Bestseller. Mehr über den Autor unter: www.schnoy.de.

Sebastian Schnoy

Heimat ist, was man vermisst

Eine vergnügliche Suche nach dem deutschen Zuhause

Rowohlt Taschenbuch Verlag

Originalausgabe
Veröffentlicht im Rowohlt Taschenbuch Verlag,
Reinbek bei Hamburg, August 2010

Umschlaggestaltung Grafikperle, Elisa Wolter
(Abbildung: Nordstern Studio)
Fotos im Bildteil Vanessa de Boer und Sebastian Schnoy
Satz Dolly PostScript (InDesign) bei
Pinkuin Satz und Datentechnik, Berlin
Druck und Bindung Druckerei C. H. Beck, Nördlingen
Printed in Germany
ISBN 978 3 499 62647 0

In diesem Buch kommen keine Hirschgeweihe vor. Keine Kuckucksuhren und erst recht keine Gartenzwerge, denn es geht um Heimat und was sie uns *heute* bedeutet.

INHALTSVERZEICHNIS

Teil II: Wer sind wir?

TEIL I

Warum laufen wir davon?

Es gibt kein richtiges Brot

«Wo ich meinen Hut hinhäng,
da bin ich zu Hause.»

UDO LINDENBERG

Fragte mich bis vor kurzem eine Französin oder ein Brite, was Heimat für mich ausmache, antwortete ich, dass mir dieser Begriff nichts bedeute. Schließlich war ich zuallererst Kosmopolit, Europäer, wenn nicht Weltbürger und erst zuletzt und nur, wenn es unausweichlich war: Deutscher. Ich fühlte mich an vielen Orten wohl und zu Hause, war gerne unterwegs und bin es auch heute noch. Einen Vielflieger wie mich erkennt man schon beim Securitycheck. Mit einem routinierten Handgriff lege ich Gürtel, Laptop und Armbanduhr separat auf das dafür vorgesehene Plastiktablett, und zwar, bevor der Zuständige hinter dem Fließband mich hierzu auffordert. Ich habe weder Münzen noch sonstige Metallgegenstände in der Tasche, halte die Abfertigung nicht unnötig auf, kurz: Bei mir piept es nicht. Am Flughafen zeigt sich schnell, wer zum ersten Mal aus dem deutschen Wald gelassen wurde. Mit aufgerissenen Augen schieben sich Helgas und Erwins durch die falschen Schlangen. Sie bringen die Schleuse so oft zum Piepen, dass die Sensoren qualmen, und rufen laut: «Also, nun habe ich aber wirklich nichts mehr!» Dann wird ihnen ein Schweizer Offiziersmesser aus der Tasche gezogen. Ich habe ohne Übertreibung einmal beobachtet, wie jemand eine kleine Motorsäge abgeben musste. «Davon stand aber nichts auf dem Schild!», beschwerte sich dieser Freak auch noch. Vielleicht wollte er sie ja in der Kabine anwerfen, wenn das Personal nicht schnell genug nachgeschenkt hätte? Später beobachtete ich den Waldarbeiter am Stand von *Barclaycard*. Die nervigen Verkäuferinnen dieser Kreditkartenbank bauen immer dort ihre Tischchen auf, wo es die Reisenden besonders eilig haben, und überraschen sie mit Fragen, auf die sie sich ein «Ja» und damit Indizien auf ein mögliches Geschäft erhoffen. «Fahren Sie gerne in Urlaub? Sind Sie aus Deutschland?» Während der Waldarbeiter in ein Gespräch vertieft wird, kann ich die Kreditkartenverkäufer mit einem knurrigen «No, I go to Takatukaland, business, Nucleartecknik» abschütteln.

Auf dem Weg in die USA kreuzte ich über Grönland auf dem Einreiseformular siebenmal «Nein» an und beschäftigte mich lange mit der Frage C. Sie lautet in etwa: «Waren Sie jemals an Spionage- oder Sabotagefällen beteiligt, an terroristischen Aktivitäten oder Völkermord oder zwischen 1933 und 1945 an Verbrechen von Nazi-Deutschland oder seiner Verbündeten?» Diese Frage stürzte mich in geistige Turbulenzen. Da fliegt man in ein fernes Land, ist offen für Neues, und die erste Begegnung auf der Reise in die Neue Welt ist die mit der Alten Welt, man trifft die unrühmliche Vergangenheit des Landes, aus dem man stammt, auf einem Formular. So absurd die Fragen sind, Grenzbeamte verstehen keinen Spaß; das ist in den USA nicht anders als einst in der DDR. Wer nur ein einziges «Ja» ankreuzt, egal aus welchem Grund, kann noch im Transitbereich auf die Heimreise warten. Sicher, um für etwas Kurzweil auf dem langen Flug zu sorgen, könnte man zumindest die Stewardessen fragen: «War Ungarn mit Deutschland verbündet?» oder «Entschuldigen Sie, ich weiß nicht, wo ich vor 45 war, da ich erst 69 geboren wurde, aber ...» – und in diesem Moment hätte ich das «r» diabolisch gerollt – «... öch glaube an Wiederrgeborrt!» Immerhin ließen die Amerikaner mit ihrer unvergleichlichen Offenheit keinen Zweifel daran, wen sie unter keinen Umständen im Land haben wollten. Die Hoffnung, Terroristen und Kriegsverbrecher würden das Formular wahrheitsgemäß ausfüllen, hat sich bis jetzt meines Wissens nicht erfüllt. Wie naiv kann man sein? Es fehlt eigentlich nur noch die Frage: «Haben Sie die Absicht, den Präsidenten der USA umzubringen?» Eigentlich nicht, aber jetzt, wo Sie fragen ...

Während hierzulande viele gegen Anglizismen wettern, die Umbenennung von «Servicepoints» in «Auskunftsschalter» fordern, wird man an New Yorker Flughäfen mit dem deutschen Schild «Gepäckausgabe» empfangen, und dabei ist man schon über sechstausend Kilometer von zu Hause entfernt. Vielleicht ist dies dem Umstand geschuldet, dass Deutsche früher die größte Gruppe der Einwanderer in New York stellten, allerdings lange bevor es hier Flughäfen gab. Trotzdem, wenn die Amerikaner eines können, dann ist es, jemanden freundlich zu empfangen – es sei denn, er weist sich als gesuchter Terrorist aus.

Als ich bei meinem letzten Besuch der Achtmillionenstadt die Schiebetür am Ende des Saals der Kofferbänder durchschritt, auf die Menge Einheimischer traf, die Freunde und Familienangehörige erwartete, waren auch wieder die Männer mit den Schildern darunter. Teils handgeschriebene, teils ausgedruckte, auf denen stand: *IBM* oder *Crystal Cruises*, aber auch: *Prof. Gonzales*. Mein erster Impuls war, im Land der angeblich so unbegrenzten Möglichkeiten zu dem Herrn mit ebendiesem Schild zu sagen: «Gonzales, that's me!» Was hätte schon groß passieren können? Bestenfalls wäre ich zu einer dunklen Lincoln-Limousine geleitet und zum UNO-Gebäude gefahren worden, um dort einen Vortrag über die Klimaerwärmung zu halten. Und über die Klimaerwärmung schwadronieren, das kann jeder Deutsche. Wenn die Amerikaner allerdings hoffen, Verbrecher würden sich auf Formularen offenbaren, dann versuchte die CIA vielleicht auch mit diesen Schildern welche zu finden. Vielleicht hielten Mitarbeiter dieses Geheimdienstes Tafeln mit den Namen gesuchter Personen in die Luft? Mr. Mladic, Mr. Bin Laden, Mr. Ahmadinedschad? Oh, das bin ich und hier mein Einreiseformular, siebenmal «Ja». Vielleicht war Herr Gonzales ein Drogenbaron oder Diktator aus Südamerika? Zumindest sah der verdächtig lächelnde Abholer so aus, als könne er einem auch lächelnd Handschellen anlegen. Also ging ich lieber unerkannt zum Shuttlebus Richtung Manhattan, wo mich sofort ein Crashkurs in amerikanischer Lebensart erwartete: Der Mann, der am Port Authority Bus Terminal in der 42. Straße das gesamte Gepäck aus dem Laderaum wuchtete, hatte nur einen Arm. Die Vorstellung, ein deutsches Arbeitsamt würde einen Einarmigen als Kofferträger vermitteln, ist völlig abwegig, der Bescheid lautete vielmehr: 100 Prozent schwerbehindert, Invalidenrente, Feierabend. Aber dieser Mann hier war eh nicht von einem Arbeitsamt vermittelt worden. Er hatte sich den Job sicherlich selbst gesucht, ist ins Büro des Managers der größten Bushaltestelle der Welt gegangen, an der jeden Tag zweihunderttausend Menschen ein- und aussteigen, und gesagt: «Okay, ich habe nur noch einen Arm, aber geben Sie mir eine Chance, ich bin schnell.» Und was antwortet ein amerikanischer Arbeitgeber? «Wenn du so schnell bist wie die anderen mit zwei Armen, hast du den Job.» Wurde der Mann ausgebeutet? Vielleicht. Wurde er respektiert? Auf jeden Fall, seine zufriedene Miene ließ keinen Zweifel aufkommen. Er war der Schnellste.

Es waren solche Begegnungen, die mich ebenso viel über dieses fremde Land lehrten wie über das, was meine eigene Heimat ausmacht, das, was es nur bei uns gibt. Wer Deutschland kennenlernen will, sollte weit weg fahren. Deshalb beginnt dieses Buch in Amerika.

Beeindruckend schnell arbeitete auch Carol vom *Jackson Hole Diner* in Queens. Wie war es möglich, dass diese Kellnerin in dem völlig überfüllten Restaurant innerhalb von zwei Sekunden, nachdem ich mich hingesetzt hatte, auftauchte, sich strahlend als Carol vorstellte und mir die Karte reichte? Als Schreibender bin ich viel in Cafés, es lässt sich hier wunderbar notieren und formulieren – dachte ich bis dahin. In Wien saß ich mal vier Stunden bei einer einzigen Melange und kritzelte in meinen Block. Gegen zwei hatte mir der Kellner das Getränk mit einem «Bittschön, der Herr» hingestellt und erst auf mein Zeichen hin um kurz nach sechs abkassiert. «Zweiochtzig, wenn's recht ist.» Gerade in Osteuropa, zu dem Wien gehört, auch wenn es die Wiener bestreiten, weiß man, wie wenig in Schriftstellerstuben geheizt wird. Hier sind schon ganze Romane in Kaffeehäusern entstanden. Carol aus Queens hingegen schaute mich angesichts meiner ausgebreiteten Zettel und Notizkladden bereits beim Servieren ihres Filterkaffees so befremdet an, als hätte ich meine Genitalien entblößt. Alle zehn Minuten fragte sie: «Anything else?» Als ich irgendwann verneinte, hatte ich sofort die Rechnung auf dem Tisch. Ist sie bezahlt, genießt man in einem amerikanischen Restaurant ungefähr den Status eines Penners, der sich nur zum Aufwärmen dort aufhält. Eine absolut literatenfeindliche Umgebung. Zwischen Carols Serviceangriffen war höchstens Zeit für eine Twitternachricht oder einen Eintrag bei Facebook. «Bin gerade in New York, krass groß die Stadt.» Kein Wunder, dass diese beiden Erfindungen aus den USA stammen.

Bei all der Hetze ist nur Zeit für kryptische Nachrichten. «Hey, Leute, Grüße aus Queens. Ess gerade Hot Dog.» Wolfgang Borchert und Kurt Tucholsky wären im *Jackson Hole Diner* verzweifelt.

Ich stieg im schlichten *Ramada Hotel* am Northern Boulevard ab. Sobald ich wieder die Straße betrat, versuchte ich panisch, nicht als Deutscher aufzufallen und schon gar nicht als deutscher Tourist, das wäre mir furchtbar unangenehm gewesen. Deshalb vermied ich es, langsam und staunend die Straßenschluchten zu erkunden, gebannt von der unendlichen Höhe der Häuser in den Himmel zu starren – was eigentlich völlig natürlich wäre, wenn man als Tourist in Manhattan ist. Ich täuschte lieber Eile vor, als habe ich einen Termin. Einheimische strömten aus den U-Bahn-Schächten, sie haben immer ein höheres Tempo, vielleicht auch, weil sie nicht Gefahr laufen wollen, von einem Verrückten angesprochen zu werden, von denen es natürlich viele gibt, zum Beispiel mich oder den Waldarbeiter aus dem deutschen Forst, der als Gastgeschenk eine Motorsäge mitgebracht hatte. Angesichts der Menschenmassen auf Trottoirs, an Ampeln und Überwegen wurde man stehend in wenigen Momenten zu einem Hindernis. Umso weniger verwunderte es mich zu hören, dass einmal ein Mann namens Matthew Jones auf dem Times Square festgenommen worden war, weil er sich geweigert hatte, weiterzugehen. Schwups! wurde er mit dem Gesicht auf den Gehweg gedrückt, ein Knie im Rücken, Plastikschellen um die Handgelenke, denn ein NY-Cop ist kein lieber Onkel, der nett zu einem ist und den man fragen kann, wo sich die nächste Post befindet. Auch ich traf auf Polizisten, die nicht den Auto-, sondern den Fußgängerverkehr regelten, mit den Armen fuchtelten und immer wieder den gleichen Satz schrien: «Go north! Go north!» Was für ein Auftritt! Es juckte mich, selbst einmal die Fußgänger mit «Go north!» anzubrüllen, aber ohne Uniform hätte das grotesk ausgesehen.

Später merkte ich, es wäre auch ohne gegangen. An mehreren Ampeln beobachtete ich Laienprediger, die versuchten, Autofahrer während einer Rotphase zu bekehren – auf recht eigenwillige Weise. Am lautesten schleuderten sie den Fahrern entgegen: «Ihr werdet alle sterben, ihr kommt alle in die Hölle!» Vielleicht handelte es sich aber auch nur um Vertreter des amerikanischen Automobilvereins, die die Leute hinterm Steuer dazu auffordern wollten, Winterreifen aufzuziehen. Ich gebe zu, ein zutiefst deutscher Gedanke, gehört es doch hierzulande zur Staatsräson, ab Anfang September alle zu verunglimpfen, die sich weigern, zweimal im Jahr eine Werkstatt aufzusuchen, um diesen Reifenwechsel-Terror mitzumachen.

Ich behielt mein erhöhtes Tempo bei. Selbst, als ich längst in der Beschaulichkeit des *Central Parks* angekommen war und an das Ufer des kleinen Sees trat, an dem Väter mit ihren Söhnen Modellschiffe ins Wasser setzen, rief eine Stimme in mir: «Go north, go north!» Meine Sucht danach, mich in der Fremde aufzulösen, meine Farbe der Umgebung anzupassen, unkenntlich zu werden, reichte so weit, dass ich bei meinen Spaziergängen – o Gott, nein, spazieren gehen wäre wieder viel zu deutsch –, also bei meinen Wegen durch Manhattan einen Anzug trug und niemals verräterisches Gepäck dabeihatte. Keinen Rucksack für geschmierte Brote, keinen Fotoapparat. Im südlichsten Zipfel der Stadt, dem Bankenviertel, stieg ich mit fast schon wollüstiger Eile aus der Subway-Station *Wallstreet*, hastete mit flatterndem Schlips an Obdachlosen vorbei bis hin zu den großen Türen der Börse.

Ohne es wirklich zu merken, pflegte ich nicht nur in New York, sondern auf all meinen Reisen diese besonders deutsche Angewohnheit, meine Herkunft zu verleugnen. Es war der krampfhafte Versuch, nicht als Deutscher aufzufallen und erst recht nicht als deutscher Tourist. Dazu kam stets der innige Wunsch, nicht auf Landsleute zu treffen. Das geht natürlich nicht, denn egal, ob wir in die Abruzzen aufbrechen, nach Washington oder in den Himalaja, ein deutscher Tourist wird bei unserer Ankunft auf jeden Fall anwesend sein, nämlich wir selbst. Begegnen wir dann anderen Deutschen, die man natürlich schon von weitem erkennt – an ihrer Art sich zu kleiden, ihrer, da auch unsere Sprache, die wir schon über weite Strecken gerufen und gemurmelt verstehen –, dann nickt man diesen Menschen kurz zu. Wissend, so, wie man jemandem zunickt, mit dem man schon mal gemeinsam etwas ausgefressen hat, also unauffällig. Niemals würde man ausrufen: «Hey, ihr seid auch Deutsche?! Klasse, kommt, wir bestellen vier Bier und klönen mal 'ne Runde von daheim.» Schon in Spanien frage ich auf Englisch, ob man Englisch spricht, nicht etwa nach meiner Sprache, das wäre mir unangenehm. Wenn mir daraufhin die Rezeptionistin auf Deutsch antwortet, da sie meinen Akzent richtig eingeordnet hat, ist mir das peinlich. Erst spät wurde mir klar, dass ich mich mit diesem Verhalten zum Affen machte. Es ist so, als trage man beim Sightseeing eine Lederhose und glaubte, als Einheimischer durchzugehen. Diese Selbstverleugnung ist fast schon Tradition unter Deutschen, selbst bei jenen, die früher und für immer in Amerika ankamen. Als alle Welt dorthin emigrierte, stellten sie eine der größten, an manchen Orten die größte Gruppe der Einwanderer. Die von ihnen geprägten Viertel wie das *Little Germany* in Manhattan – nunmehr als *East Village* bekannt – würde man heute Parallelgesellschaft nennen. Neuankömmlinge aus Dresden, Breslau oder Ostfriesland brauchten nicht mal Englisch lernen, um hier zu leben. In jedem Souterrain fanden sich deutsche Handwerker, Bierstuben und Friseure. Für die anderen New Yorker war Kleindeutschland eine gute Adresse in Sachen Reparaturen, denn deutsches Handwerk hatte schon damals einen tadellosen Ruf. Ungewöhnlicher mag für uns heute klingen, dass man den Deutschen ein besonders ausgelassenes und fröhliches Wesen bescheinigte. Mit ihnen – das hatte sich schnell rumgesprochen – konnte man gut feiern, und zwar ohne die, bei den Iren nach jedem Saufabend obligatorische, Schlägerei. Leckeres Bier an derben Tischen, Oktoberfeste, Blasmusik und Chöre, dazu deftige Küche, so ließ es sich leben. Auch das Vereinswesen exportierten die Deutschen. Die meisten Mitglieder fanden sich in jenen Vereinen, in denen gesungen oder geturnt wurde. Heute ist das alles gänzlich verschwunden. Nur noch wenige der alten Inschriften sind an den Fassaden zu finden. In der ersten Hälfte des 20. Jahrhunderts, spätestens aber seit den dreißiger Jahren, als sich ihre Heimat aus dem Kreis zivilisierter Nationen verabschiedete, zogen es die deutschstämmigen Amerikaner vor, ihre Herkunft in Kellern und auf Dachböden zu verstecken: in Fotoalben, die man nicht mehr ansah und in Kisten verschloss. Sie waren von nun an Amerikaner und nichts weiter. Zu sehr schämten sie sich für das, was in Deutschland passierte und passiert war. Als die Französin Simone de Beauvoir 1947 die Stadt erkundete, ging sie auf ihren Streifzügen noch durch Little Germany. Doch bereits damals wurden die letzten Bierkneipen geschlossen oder so umbenannt, dass sie nicht mehr als ursprünglich deutsch erkennbar waren. Aus Frau Schmidt wurde Mrs. Smith, aus Herrn Müller Mr. Miller. Deutscher zu sein löste nunmehr kein «Hey, wow!», sondern nur noch ein «My god!» aus. Und so geht es einer großen Schicht von sensiblen Deutschen bis heute: Im Ausland «Hallo, ich bin Deutscher» zu sagen, fühlt sich für viele so an, als sagte man: «Darf ich mich vorstellen, mein Name ist Göring.» In weiten Teilen der Welt ist das tatsächlich die Assoziation auf das Herkunftsouting. Wie oft hörte ich auf meinen Reisen: «Ah, Deutschland – Hitler!» In vielen Ländern Europas entschuldigt man sich zumindest innerlich immer für den Zweiten Weltkrieg. Es ermuntert im Übrigen auch nicht, wenn die Meinung Deutschland betreffend so positiv ausfällt wie bei dem Palästinenser, dessen Bekanntschaft ich in Kairo machte und der mir zuraunte: «Ah, Deutschland gut – Hitler gut.»

Wann immer ich mit deutschen Freunden in den USA oder Großbritannien unterwegs war, fiel mir auf, welche Mühe darauf verwendet wurde, möglichst ohne Akzent zu sprechen. Sicherlich fürchteten sie sich wie ich vor dem Satz: «Ah, Deutschland ...» Dabei ist es aussichtslos, den eigenen Akzent unhörbar machen zu wollen. Es ist auch völlig unnötig, gerade die USA sind voll von Akzenten der verschiedensten Einwanderer, daran sind alle gewöhnt. Die *New York Times* befand sogar einmal, ein deutscher Akzent sei sexy. Spätestens mit dieser Erkenntnis ist es doch absurd, ihn sich abgewöhnen zu wollen.

Bestes Beispiel für die Unmöglichkeit, den Akzent loszuwerden, ist Arnold Schwarzenegger. Erstaunlich, wie gut man ihn versteht, wenn er als Gouverneur von Kalifornien politische Statements in die Kamera hält. Auch nach vierzig Jahren ist sein Englisch für deutsche und österreichische Ohren gut verständlich. Noch besser verstehen wir das Englisch von deutschen Außenministern, sind jedoch sofort peinlich berührt. Wie gestümpert klingt doch das Ringen nach Worten und Sätzen. Das Peinlichste daran ist die Vorstellung, dass wir selbst einen ähnlichen Akzent haben und ebenso deutsch strukturierte Sätze bauen wie die Politiker. Deren Zuhörer haben dagegen überhaupt kein Problem, freuen sich vielmehr, dass jemand zu ihnen in einer ihm fremden Sprache spricht, damit die Verständigung leichter ist. Und der Akzent? Natürlich deutsch, aber – so what? Es gibt viele Akzente. Und schlimmer als deutsches Englisch ist schwäbisches Englisch, bei dessen Anhören man durchaus Würgereize bekommen kann. Dies war auch schon so, bevor der ehemalige baden-württembergische Ministerpräsident Günther Oettinger nach Antritt seines neuen Jobs als EU-Kommissar eine Rede auf – ja, was eigentlich, es sollte wohl Englisch sein – hielt. Der Vorfall beweist einmal mehr, dass es in der Politik keine Freunde gibt, denn irgendwer muss dem Schwaben gesagt haben: «Dei Englisch is scho sche, oinfach subbä, machsch hald dabfa.» Schwäbinglisch sollte bei der UNO-Generalversammlung in New York verboten werden.

Nach zwei Nächten im *Ramada Hotel* zog ich auf die Klappcouch von Grace. Ihretwegen war ich in New York. Es gibt ein paar Städte auf dieser Welt, in denen es ausgesprochen komfortabel ist, einen Freund oder eine Freundin zu haben, dazu gehören London, Paris, New York und natürlich Bielefeld. Ich hatte Grace auf einem Kreuzfahrtschiff kennengelernt, wo sie als Entertainment-Managerin arbeitete. Wer könnte das besser als eine Amerikanerin? Inzwischen war sie jedoch zur Fluglinie *Emirates* gewechselt und sollte die neue Direktverbindung Hamburg–New York promoten. Lange hatte sie in Deutschland gelebt, nun teilte sie sich mit Freund Steven ein Apartment in New York. Für deutsche Verhältnisse war die Wohnung klein, für hiesige groß, und Grace frohlockte, dass der Zeit zu zweit in ihrem Einzimmerapartment nun endlich die Zeit in einem Zweizimmerapartment folgte, auch wenn sie meine Anwesenheit zimmertechnisch wieder etwas zurückwarf.

Grace überraschte mich beim ersten gemeinsamen Essen gleich mit der Feststellung, wie sehr sie deutsches Brot vermisse.

«Du hättest mir eines mitbringen können!», schalt sie mich im Scherz. Dabei hatte das Schaumstoffbrot von *Subway* doch auch viele Vorteile. Zog es durch ein Fenster – und in Amerika ist das immer der Fall, da die Fenster aus England stammen und auch dort nicht dicht sind –, konnte man es einfach in die Ritze drücken. Das sollte man einmal mit einem deutschen Vollkornbrot versuchen; im günstigsten Fall eignet es sich dazu, ein Fenster einzuschmeißen.

Grace gestand, dass es *Emirates* nicht gelang, genügend deutsche Kunden für die neue Flugverbindung zu gewinnen. Deshalb zerbrach sich das Marketing den Kopf über die Vorlieben der Deutschen. Sie gab die Frage gleich an mich weiter. Wie konnte man mehr Deutsche in ein Flugzeug locken? Ich überlegte. Vielleicht, indem man es gestattete, Sitze mit Handtüchern zu reservieren. Natürlich nicht in Wirklichkeit, aber bei der Online-Buchung oder der Buchung am Automaten würde ein kleiner Icon in Gestalt eines Handtuches, den man für eine Reservierung mit der PC-Maus auf die gewünschten Sitze schieben konnte, sicherlich als freundliche Geste deutscher Gepflogenheiten gewertet. An Graces gekräuselter Stirn sah ich, wie wenig ihr meine Ausführungen weiterhalfen. Was wirklich ein Fortschritt wäre, fuhr ich also munter fort, wäre, wenn *Emirates* auf Flügen von und nach Deutschland Fassbier anbieten würde. Das klappte bei uns schließlich auch in ICE-Zügen. Nichts beruhigt mehr als der Anblick eines mobilen Fasses, aus dem frisch gezapft wird. Ein deutscher Partyhersteller vertreibt aufblasbare Bierkrüge, dies käme dem strengen Gewichtsmanagement an Bord eines Flugzeugs entgegen. Allerdings würden die Einreisebehörden sicherlich auf einer Verplombung des Fasses bestehen, sobald man amerikanischen Luftraum erreichte. Dann verbreitete sich die Stimmung eines All-inclusive-Clubs, in dem alle in sicherer Erwartung des «Last order» panisch anfingen zu trinken. Vielleicht, spann ich weiter, könnte man in die Business-Class statt Multifunktionssessel einfach Strandkörbe stellen – dann sollte man allerdings auch die Kurkarten kontrollieren. Überhaupt klingt Kurklasse schöner als First-, Business- und Economy-Class zusammen, zumal, wenn sie in dunklem Holz getäfelt wäre. Und jemanden, der Löcher in die Boardingcard knipst, sollte es auch geben, einen echten Schaffner, der nach vier Stunden Flug mitten über dem Atlantik noch einmal durch die Reihen schreitet und brummt: «Zugestiegene?»

«Jetzt mal im Ernst», sagte Grace, und ich fand diesen Satz sehr deutsch, «wir versuchen die Deutschen besser zu verstehen und wollen, dass sie sich bei uns an Bord wohlfühlen wie zu Hause. Ich habe lange in Deutschland gelebt, und es war so vieles anders dort. Was ist für dich Heimat?»

Ich antwortete, die Relevanz der Frage beiseitewischend, als hätte man mich gefragt, wie es mit meinem Golfspiel stünde oder was ich vom Angeln halte. Es klang in etwa so: «Och, keine Ahnung, das bedeutet mir nichts, ich mache mir nichts daraus.» Nun ist es, was Angeln und Golf betrifft, völlig in Ordnung, keine Meinung zu haben. Man kommt gut ohne sie durchs Leben, wenn nicht sogar besser. Doch Heimat? Sie ist, wie ich mit der Zeit feststellen sollte, so viel wichtiger, steht eher auf einer Stufe mit Kindheit, sie ist zu großen Teilen sogar identisch mit ihr, wächst aus ihr empor. Stellen Sie sich vor, es fragt Sie jemand nach Ihrer Kindheit. Wie war Ihre Kindheit? Ich hoffe, eine schöne Zeit. Und Sie antworteten: «Kindheit? Och, keine Ahnung, das bedeutete mir nichts, ich mache mir nichts daraus.» Ihr Gegenüber wird Sie einigermaßen entsetzt anschauen. Für die meisten Menschen auf dieser Welt wäre eine solche Antwort auf die Frage nach Heimat ebenso erschreckend – und so ging es auch Grace. Ihr fiel, obwohl sie nur für eine Weile in Deutschland gelebt hatte, nämlich einiges zu diesem Thema ein: unsere typische Art zu reden, zu leben und mit Gefühlen umzugehen; Eichenwälder, mittelalterliche Stadtkerne und Kinos, in denen man Bier trinken darf.

Ich redete lange herum, anstatt etwas direkt zu sagen, das sei zum Beispiel typisch, befand sie außerdem. «Könnten Sie vielleicht ein bisschen weiter nach links gehen, das wäre sehr nett, nur ein bisschen, so ist gut, ich würde nämlich gerne ...», statt: «Go north!» Mir war das ganze Thema unangenehm. Ich war mit großer Offenheit nach Amerika gekommen, wollte viel lieber über dieses grandiose Land sprechen mit all seiner Dynamik. Amerika war *yippee*, Frankreich *o, là, là*, Deutschland höchstens *na ja*. Dabei merkte ich nicht einmal, wie ich in all meinen Reaktionen auf die USA ein Bild von dem zeichnete, was meine eigene Heimat ausmachte. Je weiter man von zu Hause weg ist und je länger, desto klarer wird dieses Bild. Als ich für eine Tour aufs Land Manhattan durch den Lincoln Tunnel gen Westen verließ, fiel mir sofort die wirre Stromversorgung auf. Die Masten aus Holz schienen noch aus der Zeit des Wilden Westens zu stammen, nicht einer stand gerade, und sie waren mit Stromleitungen vollgehängt, mit Telefonkabeln und Trafos; alles sah aus, als wäre es in kürzester Zeit zusammengeschustert worden. Bei Sturm rissen die Leitungen, es kam zu Ausfällen. Warum vergrub man sie nicht in der Erde wie – selbst in Gedanken fiel mir dieser Schluss schwer: wie bei uns?

Einmal sensibilisiert, fielen mir immer mehr Unterschiede zwischen meinem und diesem Land hier auf. Mich beeindruckte zum Beispiel, dass in den Diners von *Danny's* bis *Friday's* nicht nur Teenies jobbten, sondern auch Rentner. Dabei war Rentner vielleicht das falsche Wort, schließt es doch die Rente mit ein, die ein Rentner bezieht. Doch was ist ein Mann, über siebzig Jahre alt, der keine Rente bezieht? Kellner bei *Danny's* oder Parkplatzwächter in Jersey City – und dazu ein engagierter. An jeder Ecke schien mir die amerikanische Gesellschaft viel mehr Leben und Einsatz von den Menschen zu erwarten als bei uns. Kein Wunder, wenn der eigene Rentensparplan aus einem Aktienfonds und Lehman-Zertifikaten besteht, die sich dummerweise am Ende der Sparphase in Luft auflösen. Dies zwingt viele, auch im hohen Alter zu arbeiten. Das, was bei uns sozialer Wohnungsbau ist, übernimmt in den USA im schlimmsten Fall der Waschmaschinenkarton. Übergangsweise wohnen viele Joblose zum Beispiel in Wohnwagen. Der Vorteil: Mit ihm kann man gleich dorthin ziehen, wo es wieder Arbeit gibt, denn eins ist immer klar: Es geht bald wieder aufwärts!

Mit denselben staunenden Augen, mit denen wir den amerikanischen Optimismus betrachten, uns fragen, wie man nur so viel positive Energie haben kann, sehen die Amerikaner nach Europa und fragen sich völlig verwundert, wie man es schafft, allen Leuten eine Krankenversicherung zu garantieren – selbst denen, die nicht arbeiten. Verrückt!

Das Überraschende ist, was man in der Ferne über sein eigenes Zuhause lernt. Gerade über die Unterschiede, die das Leben bei uns so anders machen als anderswo. Man kann sie nur hier sehen, aber nicht daheim. Deshalb und wahrscheinlich nur deshalb habe ich meine Heimat so weit von zu Hause weg erst richtig kennen- und lieben gelernt – auch, wenn ich mich noch lange dagegen sträubte.

Heimweh nach Kastanien

«Meine Heimat ertränkt ihre Sorgen in ständigem Fernweh.»

Anna Depenbusch

Grace hatte mich mit ihrer Frage nach meiner Heimat lediglich angestupst, nicht aufgerüttelt. Ich musste bis nach Key West in Florida fahren, um das erste Mal in meinem Leben zu merken, was Heimat ist und wie sehr ich sie vermisse. Damals wollte ich ein Buch schreiben, es war egal, wo ich dies tat, und so bot sich endlich – und dieses Endlich war voller Erleichterung, so wie man es spricht, wenn man dabei tief ausatmet –, *endlich* die Möglichkeit, meinen Wohnsitz im Winter in den Süden zu verlegen. Schon seit Jahren beobachtete ich die Zugvögel und fragte mich, warum wir es ihnen nicht gleichtun: im Frühling und Herbst am Mittelmeer vorbeischauen, den Winter in Südafrika verbringen und nur den Sommer in Deutschland sein, von der Spargel- bis zur Pflaumenzeit. Eine ebenso reizvolle wie verwegene Vorstellung, wenn dies alle machten: Ende September schließen rund zweiundachtzig Millionen Deutsche ihr Land ab und verlegen bis zum nächsten Mai ihren Arbeitsplatz und ihr Leben nach Afrika. Ein paar Hausmeister, die man schon immer abschütteln wollte, dürfen gerne hierbleiben, damit die Wasserleitungen nicht einfrieren. Ab November, wenn sich die schlauen Zugvögel wie zum Beispiel die Störche längst in der Savanne sonnen oder mit Flamingos flirten, findet man auf unseren weißgefrorenen Äckern sowieso nur noch Krähen, die dümmsten Vögel der Welt. Den ganzen Winter picken sie in den harten Boden und meckern dabei, anstatt ihren Federhintern in Bewegung zu setzen und in Richtung Süden zu fliegen. Krähen scheinen die einzigen Vögel zu sein, die sich das antun. Wo stecken sie nur den ganzen Sommer über? Sind sie da und fallen nur nicht auf? Bekommt man ihr Gekrächze nicht mit, da es vom zauberhaften Chor der Singvögel übertönt wird? Oder sind diese Deppen wirklich nur im Winter da? Vielleicht hat man ihnen im Reisebüro ein falsches Ticket angedreht, und sie fallen jedes Jahr aufs Neue drauf rein.

Ich habe meine Entscheidung getroffen, bin lieber Storch als Krähe. Denn selbst, wenn sich der Herbst bis dahin von seiner freundlichen Seite zeigte, offenbart sich bei uns spätestens im Oktober mit der Zeitumstellung das Wintertrauma in all seinen schrecklichen Ausmaßen: kurze Tage, dafür endlose Nächte. Wenn ich früher schon am Nachmittag in der Dunkelheit auf die Straße trat, dann Einkäufe erledigte, kochte, aß, um mich abends noch fürs Kino zu treffen und anschließend etwas trinken zu gehen, fanden gleich eine ganze Reihe von Terminen in absoluter Dunkelheit statt. Im Radio liefen Dauersendungen, die das Aufziehen der Winterreifen anmahnten. Wer keine aufzog, handele unverantwortlich, hieß es, riskiere das eigene und das Leben anderer. Es fehlte nicht viel zum amerikanischen «You will all die, you all come to hell!».

Ich stand derweil mit meinen Sommerreifen im Stau und dachte: «Catch me, if you can!» Mit Sommerreifen bei zwei Zentimeter Schnee fühlt man sich wie ein gesuchter RAF-Terrorist. An der Ampel guckten die anderen Autofahrer misstrauisch herüber – war dieser Typ in seinem alten Wagen nicht einer von den Kriminellen, die immer noch mit Sommerreifen umherfuhren? Am besten, man notierte das Kennzeichen. Einmal blinzelte mir ein dicker Typ aus einem Opel zu. Vielleicht gehörte er wie ich zu den Gesuchten? Es gibt einen guten Grund, den Reifenwechsel zu verweigern: Im Winter sind Sommerreifen das Einzige, was einen daran erinnert, dass es auch Sommer sein kann und man sich mit der Kälte nicht abfinden muss. Das Radio hatte längst aufgegeben. Anstatt so lange Sommerhits zu spielen, bis der Schnee taut, gab es eine Sendung zum Thema: Wie schützt ihr euch gegen die Kältewelle? Man durfte anrufen. Eine Melanie aus Bergedorf hatte einen Tipp: Warm anziehen! Ich war begeistert.

Die Apfelmafia aus dem Alten Land freute sich in dieser Zeit über all die winterlichen Sendungen und Zeitungsartikel, denn dort hieß es, wer nicht mindestens einen ihrer furchtbar öden Äpfel pro Tag runterwürgte, den erwarte der plötzliche Grippetod. Meist wurde dieser Kaufbefehl von Ernährungswissenschaftlern gegeben, die, da bin ich mir sicher, mit dieser Mafia unter einer Decke stecken. Jedes Jahr verwiesen sie auf die Wichtigkeit von Vitaminen, um sich vor Infekten zu schützen, besonders – welch Überraschung! – auf die Bedeutung von Vitamin C. Wie in einem einstudierten Sketch fragten die wohl ebenfalls bestochenen Moderatoren oder Journalisten dann, in welchen Lebensmitteln denn viel Vitamin C enthalten sei. Und hatten jedes Jahr die brandneue Erkenntnis: in Obst, zum Beispiel in den verfluchten Äpfeln. «An apple a day keeps the doctor away», sagten sie dann und lachten blöd, als wiederholte sich nicht auch diese Weisheit so penetrant wie das *Dinner for one* zu Silvester. Dabei sind Äpfel im Vergleich zu Bananen oder Kiwis die DDR unter den Obstsorten; langweilig, kalt und sauer.

Von derartiger Panikmache im höchsten Maße aufgeschreckt, begannen im Herbst viele Deutsche damit, vorbeugend Tropfen und Tabletten einzunehmen, allen voran: Echinacin. Das Verlogene bei Mitteln dieser Art: Wenn sie nicht wirken, ist nie das Medikament schuld, sondern man selbst, denn alle kommen zum Schluss, man habe es wohl *zu spät* genommen. Ich werde das Zeug beim nächsten Mal ab August einwerfen. Wenn ich mich dann im November über den ersten Schnupfen des Jahres beschwere und mir wieder jemand damit kommt, dass ich wohl zu spät damit angefangen habe, Echinacin zu nehmen, werde ich durchdrehen.

Ich schleppte mich in jedem dunklen Herbst durch meinen Alltag im sicheren Wissen, dass erst wieder im Mai – also ein halbes Jahr später! – eine warme Woche zu erwarten war. Erst dann würde sich auch das Grün an den Bäumen zurückmelden, denn Schnee zu Ostern ist in Deutschland ganz normal. Nein, in den letzten Jahren versuchte ich spätestens zur Umstellung der Uhren, die einem scheinheilig eine Stunde mehr Schlaf verspricht und doch sechs Monate Depressionen bedeutet, ein sonnigeres, wenn auch bescheideneres, Domizil im Süden zu beziehen. Das kommt auch meiner französischen Freundin Valérie sehr zupass, jammert sie doch von jeher, sobald es auch nur ein Grad kühler wird. Nach Key West konnte sie leider nicht gleich mitreisen, aber ein bisschen Einsamkeit ist für Schreibende ja sogar gut.

Auf der südlichsten der *Keys* genannten Inseln, die sich von Florida aus ins Meer erstrecken und – wie sollte es in den USA anders sein – durch breite Autobrücken miteinander verbunden sind, bezog ich im vorletzten Winter ein Zimmer des *Sunset Motels*. Es hatte einen herrlichen Ausblick auf den Parkplatz und wurde von einer aufgekratzten Dame namens Mrs. Harris betrieben. Als ich am Telefon sagte, ich wolle auf Key West ein Buch schreiben, wurde sie hellhörig. Schließlich profitiert die Insel bis heute von einem berühmten Schriftsteller, der hier gleich mehrere Jahre schreibend verbrachte: Ernest Hemingway. Leider war er damals nicht im *Sunset Motel* abgestiegen, wie sich leicht herausfinden ließ: Alle anderen Adressen auf der Insel, an denen er jemals geschlafen, getrunken oder randaliert hatte, weisen mittlerweile mit großen Schildern darauf hin, um Touristen anzulocken. Kaum eine Bar, die nicht mit dem Slogan «Hier war Hemingway Stammgast» wirbt. Selbiger war zwar ein großer Trinker, aber selbst er kann nicht so viel gefeiert haben, um Stammgast in all den Bars in der Main Street gewesen zu sein, die das heute behaupten. Doch jeder versucht Kapital aus dem Dichter zu schlagen: Der neue Eigentümer des Hauses, das Hemingway einst bewohnte, wandelte dieses sogar in ein Museum um, und dem begeisterten Tonfall von Mrs. Harris nach zu urteilen schien sie der Idee nicht abgeneigt zu sein, das *Sunset Motel* dereinst zum Sebastian-Schnoy-Museum umzufunktionieren. Es bestand ja zumindest die Möglichkeit, einen zukünftigen internationalen Bestsellerautor zu beherbergen. Wie unverzeihlich wäre es also gewesen, mich abzuwimmeln und sich irgendwann Vorwürfe zu machen. Wie jene, die van Gogh verhungern ließen, Manuskripte von Thomas Mann ablehnten oder die Beatles nicht auftreten lassen wollten.

Ich mietete mich also für einen höchst günstigen Tarif drei Monate lang in das *Sunset Motel* ein. Für alle, die jetzt denken: «Drei Monate USA, na ja, wenn man es sich leisten kann!», möchte ich kurz erklären, wie so etwas möglich ist, wo doch oft schon eine Woche Urlaub unbezahlbar bleibt. Im Internet buchbar ist eine solche Reise nicht, und natürlich muss man irgendwo Abstriche machen, das Vier-Sterne-Zimmer mit Blick auf den Ozean kommt sicherlich nicht in Frage. Meines lag im ersten Stock, was allein schon für normale Autoreisende aus den USA eine Zumutung ist, wollen sie ihr Zimmer doch möglichst ohne Stufen erreichen. Empfehlenswert ist es in jedem Fall zu behaupten, man sei Schriftsteller. Ob man tatsächlich einer ist, lässt sich schließlich nur schwer nachprüfen.

Schwindeln musste ich ja nicht, bekam also das Zimmer 256 und begann im Herbst meine Arbeit: Ich schob ein kleines Tischchen vor das Fenster, klappte den Laptop auf und schrieb. Deutschland mit seinem nassen Herbst vermisste ich bis zu diesem Zeitpunkt nicht einen Moment. Den ganzen Tag war der Himmel von einem jubelnden Blau erfüllt, von dem ich sicher sein konnte, es würde am nächsten Tag erneut jubeln. Es gab also keinen Anlass, angesichts des guten Wetters von der Arbeit aufzuspringen und rauszugehen, da fast nie Tiefdruckgebiete nahten, die diese Panik rechtfertigten. In Deutschland muss jeder seltene Sonnentag genutzt werden. Kaum klettert das Thermometer einmal auf 25 Grad, können Kinos und Theater dichtmachen, denn man muss raus, das gute Wetter nutzen. Deswegen machen Theater bei uns Sommerpause. In Italien gingen die Menschen früher zahlreich in Oper und Theater, weil es dort angenehm kühl war.

Auf Key West war es ununterbrochen wunderschön, noch Mitte November hatten wir 28 Grad, und die Unterteilung des Tages in Schreib- und Schwimmteil gefiel mir ungemein. So hatte es auch Hemingway gemacht, vormittags schrieb er, nachmittags ging es zum Fischen und Schwimmen ans Meer, abends zog er durch die Kneipen des Ortes und betrank sich. Auch ich lernte die Bars der Stadt kennen. Sie waren zur Straße hin offen, und so saß ich bei einem Jim Beam an der Theke und sagte mir, ich könne – falls niemand meine Bücher lesen wollte – weiterhin schwimmen, angeln und saufen, und führte so immerhin noch zu zwei Dritteln ein Leben wie Hemingway. Stundenlang konnte man den Pick-ups hinterherschauen, deren große Benzinmotoren sie mit tiefem Geblubber die Straße hinaufschoben. Selbst nach Sonnenuntergang streichelte eine warme Brise die Blätter der Palmen. Gab es einen schöneren Ort? In diesem Moment? Ich verneinte energisch, bis ich wieder einmal mit Valérie telefonierte, ihr sagte, wie sehr ich mich auf ihre Ankunft freute, und sie aus Hamburg zu berichten begann. «Ist es sonnig bei euch?», fragte sie, und ich bejahte. «Bei uns wurde es heute gar nicht richtig hell», stellte sie fest und sagte, sie habe sich eine Wollmütze gekauft und über eine Stunde Laub geharkt. Vor unserem Haus standen Buchen und Kastanien, deren Blätter über Wochen auf den Boden, das Dach und die Terrasse fielen. Wenn man hindurchschritt, raschelte es. Valérie erzählte, sie habe ein schönes Blatt und ein paar besonders große Kastanien aufbewahrt und wolle sie mir nach Key West mitbringen. «Was ist das denn da für Musik im Hintergrund», fragte ich schließlich, «seit wann hörst du Marschmusik?» «Ach, das kommt von der Straße», antwortete Valérie, «der Spielmannszug aus dem Stadtteil, die machen ihren Laternenumzug mit den Kindern.» Ich hörte das *Rufftata*, das helle Flöten – *tirili* – und sah in Gedanken die Reihe der Kinder, stolz mit der Laterne in der Hand, Mütter und Väter, die sich alle paar Schritte bückten, um Schals zu binden, Mützen zurechtzurücken und nach den Kerzen zu schauen, wenn diese erloschen waren.

Dann erzählte mir Valérie von dem Igel, den sie im Garten gefunden hatte. Er war ihr beim Nachhausekommen auf dem schon dunklen Gehweg begegnet, und sie hatte ihn in unseren Garten verfolgt. «Total süß, wie der guckte, als ich ihn mit der Taschenlampe angeleuchtet habe», sagte sie, «er dachte wohl, ich sehe ihn nicht, wenn er stillsteht.» Kaum hatte sie die Lampe ausgemacht, war der Igel weitergelaufen und hatte so lange unter dem Kompost geraschelt, dass Valérie annahm, er würde hier sein Winterquartier einrichten. «Jetzt haben wir einen Untermieter», befand sie, und während sich in meinem Kopf die Bilder zu ihren Schilderungen aufbauten, merkte ich, wie sich ein merkwürdiges Gefühl in mir ausbreitete. Mir fehlte nicht nur Valérie, sondern auch all das, was sie gerade erlebte. Ich hätte mich am liebsten sofort mit ihr in den deutschen Spätherbst geworfen, morgens mit hochgeklapptem Mantelkragen das Haus verlassen, begeistert die Windschutzscheibe des Autos vom Raureif freigekratzt und mit eiskalten Händen das ebenso eiskalte Lenkrad umklammert. Ich wollte Kastanien sammeln, mit Valérie vor dem Kaminofen sitzen, ihr Tee machen – an all das hatte ich ewig nicht mehr gedacht. Es war der dritte Winter, den ich nicht zu Hause war. Ich dachte an das Geräusch, das ein Besen macht, einer jener robusten mit roten Borsten, wenn man mit ihm Laub fegte; an den Wind, wie er Blätter aufwirbelt und wieder verteilt, kaum dass man fertig ist. Wie gern hätte ich mit Valérie an der Elbe Glühwein getrunken und dabei gefröstelt, in die Hände gepustet, sie gerieben und mit ihnen den warmen Becher umschlossen. All dies erschien mir auf einmal so wunderbar. Ich vermisste es. Mein erstes Heimweh seit dreißig Jahren, seit einer Klassenreise, die ich in der Grundschule machte! Als ich auflegte und durch das Fenster auf Palmen und Sonne sah, war dieses Panorama ohne jede Bedeutung für mich, leblos wie eine Fototapete. Und doch hatte dieses traurige Gefühl etwas Positives: Ich wusste erstmals seit langem, wo ich hingehörte und was ich vermisste. Dort gab es etwas, das hier fehlte. Und ich konnte es zum ersten Mal in meinem Leben benennen: Es war meine Heimat, verkörpert durch scheinbar so banale Dinge wie einen dicken, warmen Pullover, in den man schlüpfte und der hier auf Key West völlig unbekannt war. Oder eben durch die Begegnung mit Igeln, die es sich raschelnd gemütlich machten, oder mit einem der flinken und grazilen Eichhörnchen. Amerikanische sind viermal so groß und totale Nervbolzen. Wie alles, was Fastfood isst, sind sie mit der Zeit fett und aggressiv geworden. Man muss sich vor ihnen in Acht nehmen, wenn sie den Parkplatz hinter *Burger King* unsicher machen, immer auf der Suche nach Essensresten. Welch Anmut verströmt dagegen unser heimisches Eichhörnchen. Im Gegensatz zu seinen transatlantischen Vettern trägt es auch keinen aschgrauen, sondern einen schicken roten Hörnchenpelz.

Eine Antwort auf die Frage zu geben, was einem Heimat bedeutet, ist für viele schwierig. Manche werden lange nachdenken müssen, vor allem, wenn die Frage auf unser Heimatland abzielt und sich nicht einfach mit Details aus unserer Region oder Stadt beantworten lässt. Manche werden keine Antwort finden. Damit gehören sie zu einer relativ großen Gruppe, einer Generation von Deutschen, denen aus guten Gründen die Heimat verlustig gegangen ist. Dabei macht es auf Dauer unglücklich, kein bestimmbares Heimatgefühl und keine nationale Identität zu haben, denn sie sind elementar für die Persönlichkeitsbildung, für die innere Verortung. Mit diesen Wurzeln zieht man in die Welt, lebt in anderen Ländern, lernt ihre Sprachen – ohne definiertes «Woher» kann es auch kein «Wohin» geben. Wie sich mit Vietnamesen, Norwegerinnen und Amerikanern austauschen, wenn man nur zuhören, aber nicht erzählen kann? Es nichts zum Tauschen gibt? Bei allen anderen Bewohnern dieser Welt macht das Wissen um die eigene nationale Identität einen wichtigen Baustein ihrer Persönlichkeit aus. Nur ein großer Teil der Deutschen verzichtet darauf, hat für dieses wichtige Thema keine Worte. Dies galt auch lange für mich: Egal, wo ich war, egal, was ich tat, ich versuchte, möglichst international und möglichst wenig deutsch aufzutreten. In welch absurde Situationen ich mich damit begab, zeigte sich auch, als ich nach Irland reiste.

↗

Hänschen klein in Connemara

«Typisch deutsch ist es, nicht typisch deutsch sein zu wollen.»

KATRIN WILKENS

Ich saß mit den anderen an einem Ecktisch des *Kings Head* in Galway und schrammelte auf der Gitarre die Akkorde des Liedes *Step it out, Mary.* Der irische Pub war gedrängelt voll, ständig stieß man versehentlich aneinander – *ups, sorry!* –, Bauern und anderes Landvolk unterhielten sich lebhaft oder hörten uns zu. Neben meiner Rechten spielte Frank auf dem Akkordeon, und auf der anderen Seite des Tisches, kaum zu sehen im Dunst, da man damals noch rauchen durfte, fiedelte Claus auf seiner Geige. Neben ihm beugte sich Stefan über seine Bodrhan, eine landestypische Handtrommel. In Irland ist es üblich, dass abends in den Pubs musiziert wird. Nicht jeden Abend, aber oft, und wir hatten schon vor der Reise ein Repertoire an irischen Liedern und Instrumentalstücken einstudiert, um in Kneipen spielen zu können. Wenn am Mittag die Pubs öffneten, fragten wir einfach den Wirt, ob wir am Abend spielen durften. Meist wollte dieser eine Kostprobe hören, und so pfriemelten wir kurzerhand unsere Instrumente aus den Koffern und spielten drauflos. Meist sprang nicht nur ein Gig raus, sondern sogar Freibier als Gage.

Und diese Gage war nicht schlecht, denn wenn man zu viert den ganzen Abend in einem Pub *Guinness*, *Smithwicks* oder *Lager* trinkt, ist das alles andere als billig, denn das irische Pfund war von jeher, trotz der lauen Wirtschaft, schwer und hart.

Einmal fragte der Wirt, wie unsere Band hieße. Da wir keinen Namen hatten, entschieden wir uns kurzerhand für *The Roving Bottles*, was so viel heißt wie «umherziehende Flaschen», ein trotz seiner spontanen Geburt sehr treffender Name – nicht nur für unsere Gruppe, sondern unser ganzes Leben. Der Wirt zückte einen Edding und schrieb auf ein Plakat, das er auf die Straße stellte:

Tonight 9 p.m.
Live Music
The Roving Bottles

Der ungewöhnliche Name ließ Iren bereits erkennen, dass es sich bei den «Flaschen» um Ausländer handeln musste, ist er doch ein ebensolcher Anglizismus wie *Handy* oder *Drive in*. Englisch, das eigentlich deutsch ist. Die echten Bezeichnungen *mobile* und *drive through* haben keinen Eingang ins Deutsche gefunden. Through ist aber auch für deutsche Zungen schwierig auszusprechen – wenn man es überhaupt über die Lippen bekommt, ohne dabei seinen Gesprächspartner anzuspucken.

Deutsche Touristen hielten uns indes für Iren, was uns besonders schmeichelte. Beflügelt durch mittlerweile das dritte Bier, versuchten wir diesen Eindruck zu bewahren, indem wir uns mit ihnen in unserem holprigen Schulenglisch unterhielten. Wir nuschelten und erzählten von unserer angeblichen Schafszucht. «Well, I have a farm up the hill, cheeps, hard work, man, hard work!» Die Iren hingegen schmunzelten, wenn wir mit breitestem deutschem Akzent ihre Lieder sangen.

Nach jedem fünften Song stellte der Wirt frisch gefüllte Gläser auf den Tisch und überraschte uns bald mit der Frage, ob wir nicht mal ein paar deutsche Lieder singen könnten: Die Deutschen seien schließlich früher die Feinde Englands gewesen, genau wie die Iren, und das mache uns schon mal grundsätzlich sympathisch. «Also», schloss er, «was ist ein typisch deutsches Lied?» So undramatisch diese kleine Bitte war, so dramatisch lang geriet die Pause, in der wir überlegten, was ein typisch deutsches Lied sei. Der Wirt hatte sicherlich an ein Volkslied gedacht, eines, das alle Deutschen kennen und sofort mitsingen könnten. Iren hatten ihrer viele, unzählige. Kaum wurde eines davon angestimmt, sang der ganze Pub lustige wie traurige Balladen, oft mit endlosen Strophen. Uns fiel nicht mal ein einziges ein. Wie war das möglich? Und wie konnte das uns als Band passieren? Wir hatten irische Sauflieder, amerikanische Gospels und Hippiesongs im Repertoire, *Country Roads*, *Blowing in the Wind*, das alles wäre kein Thema gewesen – aber nicht ein verdammtes deutsches Lied wollte uns einfallen. «Meine Oma sänge jetzt *Hoch auf dem gelben Wagen*», sagte Stefan schließlich. «Na super, und was kommt dann? Das ist nur eine Zeile», entgegnete ich. «Sitz ich beim Schwager vorn», grübelte Claus und fuhr fort: «Heiter die Rösslein traben, lustig schmettert das Horn.» «Toll», meinte Frank, «das ist wohl so ein Nazilied vom Einmarsch in Polen, und der Schwager war bei der SS.» «Quatsch», antwortete Stefan, «das ist viel älter, der gelbe Wagen ist eine Postkutsche – die Wehrmacht ist in Polen ja wohl nicht mit Kutschen einmarschiert.» Allerdings war uns der weitere Text entfallen, um die Nazithese zu überprüfen. Als der Wirt unsere Entscheidungsfindung mit dem Satz «Was ist los, Jungs? Kein deutscher Song? Dann gibt es auch kein Bier mehr» beschleunigte, fanden wir doch noch ein Lied, dessen Text und Melodie uns allen geläufig waren. Und so sangen wir an einem windigen Tag an der Westküste Irlands in einem Pub, dessen Gäste besonders aufmerksam zuhörten, da ihnen der Wirt zugeraunt hatte, dass wir nun etwas aus unserer Heimat singen würden, dieses Lied. Wir mussten lachen beim Singen, aber eigentlich war es im Nachhinein armselig und traurig:

Hänschen klein ging allein in die weite Welt hinein,
Stock und Hut steh'n ihm gut, ist gar wohlgemut.
Doch die Mutter weinet sehr, hat ja nun kein Hänschen mehr.
Da besinnt sich das Kind, läuft nach Haus geschwind.

Als wir hier endeten, schauten die Iren uns erwartungsvoll an, aber wir kannten nur diese eine Strophe. Endlich rief der Wirt in die Stille: «Das ist definitiv der beste Song, den ich je gehört habe!» Erst dann setzte das Stimmengewirr wieder ein, und wir waren froh, das Thema vom Tisch zu haben.

Trotzdem machte mich dieses Erlebnis nachdenklich. In meiner Generation wird heute in Deutschland offensichtlich nur noch für und mit Kindern gesungen, und deshalb war *Hänschen klein* das einzige Lied, das uns als Deutsche verband. Wir hätten nach längerem Überlegen auch noch *Alle meine Entchen* singen können, eine weitere Blamage. Wieso ist nichts mehr nach den Liedern gekommen, die unsere Eltern auf der Bettkante sitzend angestimmt haben, wie das vom Mond, der aufgegangen ist, und das vom Vater, der die Schafe hütet, während die Mutter ein Bäumelein schüttelt, aus dem ein Träumelein fällt? Danach muss ich mir irgendwann einen Walkman aufgesetzt haben. Zwischen *Hänschen klein* und *Depeche Mode* befand sich in meinem Kopf musikalisch gesehen gähnende Leere. In anderen Ländern, nicht nur in Irland, auch in Schweden oder Polen, gibt es sie, die Lieder, die alle kennen und plötzlich auf Geburtstagen und Partys singen. Für mich als Deutschen war es wirklich überraschend, als die Gäste einer Party in Stockholm zwischen treibenden Housebeats unvermittelt ein schwedisches Volkslied anstimmten. Ein andächtig-vergnügter Chor. Nach dem letzten Ton lachte man, und DJ Björn zog wieder die Regler rauf.

Sicher gibt es bei uns Volksmusik und Volksmusiksendungen, in denen ohne Unterlass deutsche Lieder gesungen werden. Aber sowohl Macher als auch Fans dieser Sendungen sind meiner Ansicht nach Freaks oder jenseits der achtzig, Letzteres ist für mich die einzige akzeptable Entschuldigung, diese Musik gut zu finden. Sie ist, den Gartenzwergen, Hirschgeweihen und Kuckucksuhren gleich, heute nur noch eine Parodie auf ein Deutschland von vorgestern. Wer in seinem Wohnwagen mit Satellitenantenne den *Musikantenstadl* schaut, während draußen die Gartenzwerge auf dem Rollrasen stehen, wird dieses Buch wahrscheinlich eh nicht lesen. Wozu auch? Wenn er lesen will, liegt doch die *Hörzu* aufgeschlagen auf der Sofakante. Mit ihrer Hilfe kann man später auch den genauen Todestag ohne jede weitere kriminologische Ausbildung feststellen und außerdem, ob der *Musikantenstadl*, der *Fernsehgarten* oder das *Frühlingsfest der Volksmusik* schuld am Herzstillstand war. In Schweden und anderen Ländern sind es eben auch junge Menschen, junge Erwachsene, die gemeinsam singen. Warum gibt es das bei uns nicht oder nicht mehr?

Die vergebliche Suche nach einem deutschen Lied bei unserer Reise nach Irland erinnerte mich an meine ebenfalls vergebliche Suche nach einem klassischen deutschen Essen. Einmal waren Valéries Eltern zu Besuch in Hamburg. Nach einigen anstrengenden Sightseeing-Tagen beschlossen wir, einen Abend zu

Hause zu bleiben und einmal selbst zu kochen. Dann passierte es. Valéries Mutter fragte: «Wie wäre es, wenn wir etwas typisch Deutsches essen? Etwas, das ihr normalerweise esst?» Dies war in doppelter Hinsicht schwierig, denn zum einen trauen Franzosen nur der eigenen Küche, zum anderen wollte mir partout kein deutsches Gericht in den Sinn kommen, jedenfalls keines, das Valérie und ich unter der Woche als «normale» deutsche Küche essen. Mir fielen nur Speisen ein, von denen ich generell die Finger ließ, die ich also nie freiwillig aß. Currywurst, Jägerschnitzel oder Eisbein mit Sauerkraut. Gedanklich ging ich meine letzten Mahlzeiten durch. In der Woche zuvor hatte ich Chicken Ticka beim Inder gegessen, am Tag darauf kochte Valérie Couscous und Ratatouille, am Mittwoch waren wir in einem Bok-Restaurant, in dem ich mich für eine Sushiplatte entschieden hatte und Valérie für eine Wantansuppe. Donnerstag gab es Spaghetti mit Pesto; Freitag haben wir mit Freunden Pizza gemacht, kurz, deutsche Speisen tauchten in meiner typischen Woche nicht auf, obwohl: Am Sonntag musste ich auf der Reise nach Berlin im ICE essen, in dem zu diesem Zeitpunkt deutsche TV-Köche für das Angebot zuständig waren. TV-Koch ist zwar eine ähnlich nichtssagende Auszeichnung wie Radio- oder Zeitungskoch, aber ich bestellte etwas, das mir der Kellner mit dem Satz «Suppe kalt, weil Herd kaputt» servierte. Eine deutsche Kartoffelsuppe. Als Hauptgang fiel meine Wahl auf Königsberger Klopse. Aber Königsberg liegt seit über sechzig Jahren in Russland, wer also nur über einen Hauch historisches Feingefühl verfügt, kann doch keine Rezepte aus Ostpreußen als typisch deutsch anpreisen, das wäre gerade Franzosen gegenüber taktlos und allenfalls unter dem neuen Namen Kaliningrad akzeptabel. Aber wer kennt schon Калининград-Klopse? Also doch die Kartoffelsuppe? Mit deutscher Küche kam ich nur in Berührung, wenn meine Eltern Geburtstag feierten. Dann versammelte sich die Familie in einem Landgasthof in der Mitte von Niedersachsens weitläufiger Fachwerkhölle, und man aß Schweinebraten mit Klößen und Rotkohl.

Valérie schlug schließlich Labskaus vor, das sei doch sogar typisch norddeutsch. Sie hatte recht, aber dieses alte Seemannsrezept aus Kartoffeln und lauter haltbaren Konserven wie Gurken, Rote Beete und Dosenfleisch, die zu einer Matsche vermengt werden, ist eigentlich ein Reste-Essen, etwas, das man auch nach vier Wochen auf See noch hinbekommt. Es gibt keinen Grund, es auf dem Festland zu kochen, es ist Ausdruck einer notdürftigen Küche. Welch Armutszeugnis, so etwas anzubieten. Ich hatte Labskaus zuletzt in einem Schullandheim in Husum bekommen, so einer gruseligen Barackensiedlung, die wie alle deutschen Schullandheime weit entfernt von jeder belebten Straße und am Ende eines langen Waldweges lag, als hätte das der örtlich zuständige Kindermörder mit dem Bauamt so abgesprochen. Aber dort kannte man sie noch, die alten Rezepte, und nur sie, denn als die Hälfte der Schüler auf vegetarischem Essen bestand, fragte die Köchin, was genau wir damit meinten. «Na, zum Beispiel einen Salat», sagten wir und bekamen – und das habe ich mir nicht ausgedacht – jeder eine Portion Fleischsalat.

Labskaus kann man in Hamburg im *Parlament* und anderen Restaurants bestellen, in die sich oft Touristen verirren. Sie denken, sie äßen etwas Typisches, und werden wie alle Touristen weltweit nur mit einem billigen Abklatsch abgespeist. Im Übrigen löst das Wort «Dosenfleisch» bei mir weniger Appetit als vielmehr spontane Übelkeit aus. Was sollte ich also tun? Valéries Eltern in den Speisewagen des ICE einladen? Vielleicht würden sie angesichts von Königsberger Klopsen und Sauerfleisch frohlocken? Auf diese Art wäre es auch noch möglich gewesen, ihnen das Brandenburger Tor zu zeigen. Oder ich bestellte etwas bei «Essen auf Rädern», ein mobiler Service, der die Rentner in meinem Viertel mit deutscher Kost versorgte. Der Prospekt fand sich noch im Altpapier, er war die Offenbarung: Kohlrouladen, Erbswurst und Hackbraten. Doch wie sollte ich dem Lieferanten unauffällig die Tür öffnen, das Essen in Empfang nehmen, es aus den Aluminiumnäpfen kratzen und so geschickt in den Ofen schieben, dass ich hinterher behaupten konnte, etwas typisch Deutsches selbst gekocht zu haben?

Letztlich machte ich doch Spaghetti à la Schnoy. Nach dem Aufsetzen des Wassers kam ich ins Grübeln, versuchte, so etwas wie eine deutsche Identität in mir zu entdecken, und fand – nichts. Keine Lieder, keine Speisen, keine Traditionen und kein Begriff von Heimat. Schon dieser letzte Satz, diese Aneinanderreihung der Wörter Heimat, Lieder, Traditionen, ließ mich bis vor kurzem aufschrecken. Reflexartig dachte ich: Hat zu viel Besinnung auf Deutsches nicht schon einmal in den Abgrund geführt?

Der größte Völkermord der Menschheitsgeschichte wurde von Deutschen begangen, von der Generation unserer Großeltern. Bei seiner Schilderung kommen einem die Tränen, man ist fassungslos. Die Tatsache, dass der Genozid möglich, von Deutschen erdacht, vollzogen, unterstützt und gebilligt worden war, führte bei vielen, leider nicht bei allen, zu einem aufrichtigen Schuldempfinden. Wenn unsere deutsche Kultur, unsere Gesellschaft – dieses sogenannte Vaterland – all diese Gräueltaten hervorgebracht hat, ist es dann nicht nur logisch, allem Deutschen mit Skepsis zu begegnen? So wie die Amerikaner auf ihrem Einreiseformular? Ist das der Grund, warum viele Deutsche beim Thema nationale Identität nichts weiter spüren als ein großes Vakuum? Ist es nicht das Beste, das Deutsche einfach komplett zu unterdrücken? Ich bin der Ansicht: Nein, denn es war der Faschismus, der in den Abgrund geführt hat, der Antisemitismus und die Diktatur in Verbindung mit deutscher Gründlichkeit und Obrigkeitshörigkeit – und nicht, dass die Deutschen eine Vorstellung von Heimat hatten und gemeinsam Lieder sangen. Sicher, die Nazis haben Volkslieder missbraucht, bei ihren Aufmärschen, ihren Jugendorganisationen. Sie haben aber auch schlimme Bücher geschrieben und hatten hässliche Hosen an. Wurde deshalb nach dem Krieg auf Hosen und Bücher verzichtet? Im Übrigen wurden nicht alle deutschen Ideen, die von den Nazis missbraucht wurden, auch konsequenterweise abgeschafft. Die deutsche Erfindung des VW-Käfers, der als Kübelwagen umfunktioniert mithalf, halb Europa zu verwüsten, erlebte nach dem Krieg ungebrochenen Zuspruch. Tausende Deutsche eroberten mit der buntlackierten Variante ihre französischen, italienischen und jugoslawischen Traumziele, obschon sein Bruder, der olive Kübelkäfer, erst wenige Jahre zuvor mit der Wehrmacht da war.

Aus dem konkreten Schuldgefühl vieler Deutscher ist über die Jahrzehnte hinweg ein diffuses Grundrauschen geworden, das auch die jüngeren Generationen spüren. Es gibt zwar, abgesehen von einigen Berufsbetroffenen wie Günter Grass, kein aktives Leistungsschämen mehr, aber dieses Hintergrundrauschen, ein ernstes d-Moll, durchdringt unser Leben als Deutsche bis heute. Es ist der Grund, warum sich viele nicht mit ihrem Land anfreunden, warum die Vorstellung von Heimat fehlt und auch, warum wir nicht die Leichtigkeit und Unbeschwertheit haben, die wir bei Italienern und Amerikanerinnen so schön finden. Dabei wissen vor allem die Jüngeren, die Kinder, Enkel und inzwischen Urenkel der Kriegsgeneration gar nicht, woher ihre Ernsthaftigkeit stammt und dass sie mit unserer nationalen Identität zu tun hat, die wir so gerne zeigen wie einen Hautausschlag. Am liebsten wäre man beides los. In der autonomen Szene bringt dies die Parole «Deutschland verrecke» unmissverständlich auf den Punkt. Dabei übersehen selbige Autonome oder Punks, dass sie selbst zu diesem Land gehören, sie selbst Deutsche sind. Konsequenter waren da die Emigranten, die – von den Nazis vertrieben – in den USA landeten, sich entschieden, Amerikaner zu werden und sich nur noch auf Englisch zu unterhalten. Doch selbst hier blieb es oft beim Versuch, denn man kann die Heimat nicht ablegen wie einen unbequemen Mantel, den man nicht mehr tragen möchte.

Nachdem der deutsche Nationalstolz in der Kaiserzeit rasselte, posaunte und zum Ersten Weltkrieg führte und seine Wiederauferstehung im Dritten Reich krakelte, wütete und den Zweiten Weltkrieg mit verursachte, gilt seit 65 Jahren für alle vernünftigen Deutschen das Gebot der Bescheidenheit, Mäßigung und Zurückhaltung. Nationalstolz war fortan etwas für Ewiggestrige. Das Wort «Heimat» hörte man in den ersten Jahrzehnten nach dem Krieg vor allem von den deutschen Heimatvertriebenen aus Ostpreußen, Böhmen, Mähren und Pommern, aber allen voran von den Schlesiern, die lautstark ihre Heimat zurückforderten («Schlesien bleibt unser») – vergessend, dass zunächst die Deutschen Millionen von Menschen aus ihrer Heimat vertrieben hatten: Tschechen, Polen, Russen, Franzosen sowie Juden unterschiedlichster Nationalität. Vertreibungen als Antwort auf Vertreibungen und als Strafe für den von Deutschen angezettelten und verlorenen Krieg. Ostpreußen wurde der Sowjetunion und Polen zugeteilt, Schlesien zum größten Teil Polen. Böhmen und Mähren waren fortan Teil der Tschechoslowakei. Die Sehnsucht nach den bis dahin angestammten Gebieten bedeutete für die Vertriebenenverbände und konservativen Politiker, die ihre Sache unterstützten, stets, die neuen Grenzen in Frage zu stellen. Das konnte die anständige Mehrheit nicht unterstützen. «Nie wieder Krieg, nie wieder Faschismus» hieß die einzig richtige Lehre aus der Geschichte. Heimatliebe schien fortan etwas für Revisionisten und Konservative zu sein, und so war es doch nur konsequent, sich gleich komplett des Heimatbegriffs zu entledigen. Auch die Worte «Vaterland» und «Heimatvertriebene» entwickelten sich in den Nachkriegsjahren zu Codes für rechte Gesinnung. Bezeichnenderweise wird der Begriff Heimatvertriebene auch nur im Zusammenhang mit Deutschen verwendet, die ihre Heimat verloren haben, dabei könnte er genauso gut Polen oder Russen meinen, die von deutschen Truppen vertrieben worden waren. Jeder, der damals Hals über Kopf fliehen, sein Zuhause verlassen musste, war ein Heimatvertriebener, auch die Intellektuellen, die in die USA flohen, weil sie jüdisch, politisch links, Freigeister oder alles zusammen waren. Noch heute gibt es Heimatvertriebene, und es wird wohl immer welche geben. Kroaten, Bosnier und Kosovaren, die von Serben aus ihrer Heimat vertrieben wurden; Serben, die von Kroaten aus ihren Dörfern vertrieben wurden; die Tutsi in Ruanda. Der Begriff «Heimatvertriebene» wäre zeitgemäß einsetzbar, doch wenn Wörter erst mal Risse haben, gebrochen sind, dann kann man sie nicht mehr kitten. Und die politischen Lager brauchen sie als Code, um sich ihrer Referenzgruppe zuzuordnen. Konservative sprechen von Vaterland, Kernkraftwerk und Ehe. Linke von BRD, Atomkraftwerk und Beziehungen. Dabei sind die meisten langjährigen Beziehungen von Linken einer Ehe viel ähnlicher, als sie sich eingestehen möchten.

Natürlich ist es gut, politische Gesinnung an der Verwendung bestimmter Begrifflichkeiten erkennen zu können, sonst wäre eine Abgrenzung viel komplizierter. Doch im Gegensatz zu den drei zuletzt genannten Begriffen und ihren Alternativen gibt es für Heimat keine progressive Bezeichnung. Linke, Sozialdemokraten, Grüne, Intellektuelle, ein paar echte Liberale, Gebildete, Bürgerliche, bis hin zu Autonomen und Kommunisten – alle, die das Herz am richtigen Fleck haben, auch wenn sie politisch noch so verwirrt sein mögen, reagieren auf das Thema Heimat ähnlich wie ich, als Grace in New York mich danach fragte. «Sorry, Heimat ist nicht so mein Ding.» Oder sie retten sich in ein paar Sätze Lokalpatriotismus. Heimat, das sei für sie ihr Stadtteil. Schon klar, aber was gibt es darüber hinaus? Was macht unsere nationale Identität aus? Besteht sie etwa darin, keine zu haben?

Vielleicht waren all meine Reisen, mein großes Interesse an fremden Kulturen, ihrer Küche und Musik eben nicht nur Neugierde auf das Andere, sondern auch immer eine Flucht aus einer Heimat, zu der ich nicht stehen wollte. Ich muss heute oft an ein Lied von Anna Depenbusch denken, in dem sie singt: «Meine Heimat ertränkt ihre Sorgen in ständigem Fernweh.» Zum Glück habe ich durch Grace, Valérie und viele andere Menschen gelernt, dass es ohne Woher auch kein Wohin geben kann. Und jetzt war ich so weit, mein Woher auszugraben. Denn wir können unserer Heimat nicht entkommen, und wenn wir noch so weit fahren. Anna Depenbusch bringt das in einer weiteren Liedzeile auf den Punkt: «Sie hat mich, ganz egal, wo ich bin.»

Ich fand, es war an der Zeit, meiner Heimat eine Chance zu geben und mich ausnahmsweise einmal nicht nach Paris oder Rom aufzumachen, sondern zu einem deutschen Ziel, dessen Name mich bis dahin aus unerfindlichen Gründen immer abgeschreckt hatte. So, wie ich nie eine Reise in den Irak oder nach Transsilvanien gebucht hätte, zog es mich auch zu diesem Ort einfach nicht hin. Das erste Mal in meinem Leben packte ich fast widerstrebend meine Koffer für eine Reise in den – es fällt mir schwer, es zuzugeben –, für eine Reise an den Rand der Zivilisation, also in den – verdammt, mir zittern die Hände, wenn ich versuche, es einzutippen, aber im nächsten Kapitel werde ich mich zwingen, versprochen.

↗

Gepflegte Gastlichkeit

«Heimat ist der schönste Name
für Zurückgebliebenheit.»

MARTIN WALSER

Ich dachte, ich hätte die wirklich schauerlichen Reiseziele schon als Teenager mit meinen Eltern abgeklappert. Lüneburger Heide, Helgoland, Schwarzwald, kurz: Gegenden, in denen ein tropfendes Softeis zu den einzigen Grenzerfahrungen gehört, die ein Kind dort haben kann. Wie konnte ich wieder rückfällig werden? Ich, der ich die Karpaten und Kanada gesehen habe? Nachdem ich Grace in New York nicht zu sagen vermochte, was mir Heimat bedeutete, ich mit meinen Bandkollegen nicht imstande war, dem Wirt des *Kings Head* in Irland auch nur ein einziges deutsches Lied vorzutragen, und außerdem damit gescheitert war, für Valéries Eltern spontan ein Gericht aus meiner Heimat zu kochen, fühlte ich einen dringenden Wunsch: Ich wollte in den Kern Deutschlands vordringen und ein mir bis dahin unbekanntes Ziel meiner Heimat erkunden – den Harz. Hier die Einordnung für den viel reisenden Jet-Set: Beim Harz handelt es sich um ein deutsches Mittelgebirge. Jeder weiß, Reinhold Messner war der erste Mensch, der ohne Sauerstoffgerät den Mount Everest im Himalaja bezwungen hat. Ich wäre um ein Haar der erste Mensch geworden, der mit Sauerstoffgerät den Brocken im

Harz wieder heruntergetragen worden wäre. Dabei wollte ich nur ein Stück deutscher Heimat kennenlernen, um das meine Eltern mit mir, als sie noch über meine Reiseziele entschieden, unerklärlicherweise einen Bogen gemacht hatten. Vielleicht fand ich auf meiner Harzreise auch ein Stück deutschen Liedguts wieder, schließlich war eine der wenigen Gruppen, die noch singen sollte, die Wanderer. Ich entschied mich, die Reise an die Grenzen der Zivilisation als Ein-Mann-Expedition zu planen, fernab jedes Sushi-Services, außer Reichweite jedes Hotspots und Handynetzes. Valéries Interesse war eh in Sekunden verflogen, als sie von meiner gewählten Unterkunft erfuhr, der *Pension Gisela* in Clausthal-Zellerfeld: kein Schwimmbad, kein Wellnessbereich, Frühstück bis neun. Die Pension war als eine von wenigen Unterkünften nicht über das Internet buchbar, was mir geradezu ursprünglich erschien. Natürlich kenne ich deutsche Provinzhotels, war ich doch allein im letzten Jahr berufsbedingt über achtzig Nächte in mal besseren, mal schlechteren Bleiben untergebracht. Als äußerst hilfreich erwies sich dabei der Tipp eines Kollegen, nicht in Herbergen mit Tier- oder Pflanzennamen zu nächtigen: Hotels zum Hirschen, zum Wildschwein, zum goldenen Ochsen, zur deutschen Eiche, zur alten Eibe und zu anderem Grünzeug sollte man ablehnen.

Ob eine Unterkunft bequem und luxuriös oder kalt und rumpelig ist, verrät einem der Zimmerschlüssel – doch wenn man ihn in den Händen hält, ist es bereits zu spät. Ist dieser Schlüssel eine Art Scheckkarte, umfasst von einem Kuvert aus edler Pappe, lässt dies auf vier bis fünf Sterne schließen, auf Frotté-Schlappen und Bademantel sowie Servicepersonal, das in Uniformen mit Goldknöpfen formvollendet grüßt, sobald man den roten Teppich des Eingangsbereichs betritt. Allerdings kann man in diesen Luxushotels auf eine besonders perfide Erfindung stoßen: die selbstbuchende Minibar. Oft hatte ich von ihr gehört, man munkelte von Papierbanderolen, die die Getränke an ihren Platz banden. Selbst, wenn man nur mal nach dem Weinetikett schauen wollte und die Banderole dabei abriss, musste man das Getränk bezahlen; auch von dubiosen Sensoren war die Rede. Normalerweise würdigte ich die Minibar keines Blickes. Als Reiseprofi wusste ich, wie überteuert ihr Inhalt war, und weil das auch andere wussten, wurde ihr Inhalt oft so lange nicht angerührt, bis Schokolade, Fruchtsäfte, selbst Bier bisweilen ihr Haltbarkeitsdatum überschritten. Im *Hyatt* in Berlin hatte ich mir deshalb extra einmal Getränkedosen, Flaschen und Schokolade von Schlecker besorgt und die Tüte mit der Galanz eines Neandertalers, der versucht, unauffällig ein Wildschwein in die eigene Höhle zu schleifen, an der Rezeption vorbei durch die Lobby geschleppt. Der Portier schaute damals nur streng über seinen Brillenrand. Ahnte er, was ich vorhatte?

In meinem Zimmer nahm ich sämtliche Flaschen aus der Minibar und belud sie mit meinen Einkäufen. Mal wieder was gespart, dachte ich. «Achtundneunzig Euro», sagte der Portier zwei Tage später, als ich wieder auscheckte. Denn unter jedem Getränk waren tatsächlich jene verdammten Sensoren, die alle entnommenen Flaschen gebucht hatten. Was für ein Drama, meine Unschuld zu beweisen, die volle Minibar vorzuführen und vor Scham im Erdboden zu versinken.

Ein teures Hotel ist auch kein Garant für eine ungestörte Nacht. Im Zimmer 432 im *Maritim* in Hannover fiel ich einmal um sieben Uhr aus dem Bett. Gleich neben mir sprengte ein Presslufthammer den Putz ab. Als ich die Rezeptionistin am Telefon hatte und schrie: «Jemand arbeitet mit dem Presslufthammer direkt hinter meinem Kopf!», flötete sie: «Oh, das muss der Handwerker sein.» Welch beruhigende Antwort, es wäre in der Tat noch erschreckender, sich vorzustellen, nicht ein Handwerker, sondern ein Gast stemmte am frühen Morgen ein Loch durch die Wand zu meinem Kopfkissen.

In der *Pension Gisela* konnte ich indes nicht mit einer Chipkarte im Pappkuvert rechnen, auch nicht mit einer grauen Lochkarte, die in Deutschland auf Zimmerschlüssel anonymer Hotelketten der unteren Kategorie hinweist, die für das niedere Management bestimmt sind. Bei ihnen darf man immerhin noch auf einen Nachtportier hoffen, für den es überhaupt kein Problem ist, wenn jemand erst nach Mitternacht anreist. Solche Häuser sind zumeist mit Handlungsreisenden belegt, deren schwarze Kombis voller Aktionsware auf dem Parkplatz stehen. An der Bar aus falschem Buchenholz glänzen ihre Köpfe nach zu viel Bier, und verzweifeltes Lachen erfüllt den Raum. Es verhallt so ungehört wie ihre Flirtversuche mit der Kellnerin, die zugleich der Nachtportier ist und zwischen Empfang und Zapfhahn hin- und hereilt.

Aber die *Pension Gisela*, dessen war ich mir sicher, würde auch keinen Nachtportier haben und erst recht keine Bar. Gerade in diesen sogenannten schönen Pensionen rechne ich immer damit, ermordet zu werden. Ich bin nicht paranoid, aber seit ich die Geschichte eines ebenso unschuldigen und unauffälligen Herrn, wie ich es bin, gehört habe, bin ich auf alles gefasst. 1999 checkte dieser harmlose Mann in einem Kaff namens Heldrungen in einem kleinen Hotel ein. Kaum war er auf seinem Zimmer, rief eine Kellnerin die Polizei an und flüsterte aufgeregt in den Hörer: «Er ist bei uns! Der, den sie suchen!» Sie war der festen Überzeugung, der seit Wochen gesuchte Gewaltverbrecher Dieter Zurwehme sei bei ihr abgestiegen. Da es in einem Provinznest auch nur Provinzpolizisten gibt, rückten zwei Beamte ohne Uniform an, vielleicht, weil sie zu dieser späten Stunde schon Feierabend hatten. Auf dem Meldezettel hatte der Gast nicht vermerkt, ob er Verbrecher, Terrorist oder Ähnliches war, das klappte ja schon bei der Einreise in die USA nicht. Okay, in diesem Moment hätte man den Namen des Gastes per Funk überprüfen können, vielleicht gehörte er einem gänzlich braven Bürger, aber warum so umständlich, wenn man auch einfach kurz hochgehen und den Mann fragen konnte, ob er der gesuchte Mörder sei? Doch der Gast hielt die beiden Gesellen ohne Uniform ebenfalls für Verbrecher, weigerte sich zu öffnen und wurde deshalb – sicher ist sicher – von deren Kugeln durchsiebt. Seine Personalien konnte man ja danach noch feststellen und damit auch, dass es sich nicht um den gesuchten Zurwehme handelte. Jedenfalls schiebe ich, seit ich diese Geschichte gehört habe, stets einen Stuhl und meinen Koffer vor die Zimmertür und lasse eine Lampe eingeschaltet. Als Künstler, dessen Vorstellungen auch in den abgelegensten Orten stattfinden, steige ich oft in Skihotels ab, wenn kein Schnee liegt, an der Nordsee außerhalb der Saison und in Businesshotels zu Ostern, wenn niemand Geschäfte macht. Ich war sogar schon außerhalb jedweder Messe einziger Gast in einem Messehotel – allein meine Hotelwahl ist also schon derart verdächtig, dass ich jederzeit eine Kugel in meiner Tür erwarte.

Umso absurder schien es mir Hotelgeschädigtem, der längst eine Überdosis deutscher Gastlichkeit ertragen hatte, auf die A7 zu rollen, um zwei weitere Nächte meines Lebens in einer dubiosen Unterkunft zu verbringen.

Als ich zu vorgerückter Stunde auf den Parkplatz der *Pension Gisela* rollte und die Reifen auf dem grauen Split knirschten, bellte ein großer Hund. Ich wusste, hier war ich richtig, in Deutschlands Innerstes vorgedrungen wie bei einer Kernbohrung im arktischen Eis. Die Pension lag im Dunkeln. Gut, es war auch schon halb zehn, ich hatte mich etwas in der Zeit verschätzt. Vor dem Eingang schaltete sich eine Lampe ein, von einem Sensor gesteuert, der wohl auch den Hund steuerte, denn dieser bellte sofort lauter, als das Licht anging. Ich fand die Klingel.

«Sind Sie Herr Schnoy?», schnaufte es aus einem Lautsprecher. «Ja.» «Unsere Gäste kommen normalerweise bis sechs.»

Stille, dann wurde auch im Flur das Licht angeknipst. Es verdunkelte sich wieder, als sich ein großer Schatten zur Tür schob und öffnete: Gisela. Sie füllte den ganzen Türrahmen aus, ihre roten Wangen verrieten eine Leidenschaft für Mettbrötchen. «Guten Abend. Sie müssen eine Treppe hoch. Frühstück ist bis neun.» Und dann gab sie mir den Zimmerschlüssel, um dessen Beschaffenheit ich mir zuvor so viele Gedanken gemacht hatte. Er übertraf all meine Erwartungen. Ein grober, alter Schlüssel, befestigt an einem massiven Eisenbolzen, in den eine Sieben eingraviert war – mehr Zimmer gab es nicht.

Auf dem Weg zur Sieben fiel mein Blick in den Frühstücksraum. Auf einem der Tische standen schon ein Frühstücksteller und eine Untertasse, auf der die Tasse umgedreht war, wahrscheinlich, damit kein Staub hineinfiel. Die Wirtin hatte schon für den nächsten Tag eingedeckt, und ich war der einzige Gast. Wie sollte ich schlafen, wenn ich die ganze Zeit daran denken musste, dass unten im Frühstücksraum eine Kaffeetasse darauf wartete, von mir umgedreht zu werden? Mühsam riss ich mich von ihrem Anblick los.

Die Sieben lag im oberen Stockwerk, zu dem eine mit Teppich belegte Holztreppe hinaufführte. Auch im Zimmer bedeckte dicke Auslegeware den Holzboden, der unter ihr knarrte, als wolle er darauf hinweisen, welch schöne Dielen sich unter dem Teppich versteckten. Ein massives Eichenbett beschränkte den Raum auf zwei schmale Streifen, die zusätzlich noch von einer ebenfalls aus Eiche geschnitzten Kommode mit drei leeren Schubladen und schwarzer Marmorplatte sowie einem Schrank verkleinert wurden. Auch er war leer bis auf fünf schüchtern schaukelnde Bügel. Obwohl es kaum einen Gast geben dürfte, der seinen kompletten Kofferinhalt in einen muffigen Schrank räumt, ist er unverzichtbarer Bestandteil eines jeden Hotelzimmers. Sein einziger Sinn scheint darin zu bestehen, Versteck für einen Irren mit Beil zu sein, der erst aus dem Schrank springt, wenn man schon eingeschlafen ist. Deshalb gehört für jeden Reisenden ein kurzer Blick in den Schrank zu den überlebenswichtigen Sicherheitsmaßnahmen. Nein, ich bin nicht paranoid, keineswegs.

In der Schublade des Nachttisches fand ich ein Neues Testament, das damit jünger war als die Einrichtung, schien diese doch noch von den verstorbenen Urgroßeltern Giselas zu stammen. Angesichts der Trockensträuße und Bilder von weinenden Harlekinen an den Wänden überlegte ich lange, ob es nicht am besten sei, selbst in Tränen auszubrechen. Stattdessen signierte ich die Bibel. *Viel Spaß beim Lesen. Jesus, 10. Mai anno 29.* Dann drehte ich die Zentralheizung an, allein, der Heizkörper blieb kalt – die Nachtabsenkung. Wäre ich doch bis sechs gekommen wie jeder normale Mensch! Vielleicht brachte der Fernseher etwas Leben und Wärme in dieses Grabmal deutscher Gemütlichkeit, handelte es sich doch um einen riesigen Kasten der Marke Grundig. Er war so alt, dass ich hoffte, es möge sich in seinen Röhren eine Sendung der *Aktuellen Kamera* festgeklemmt haben, herübergeweht aus dem Ostharz in die tellergroße Antenne, die oben auf dem Gerät auf einem Häkeldeckchen stand. Gespannt verkroch ich mich unter den Federdecken. Ich meinte, auf dem Bildschirm ein Gesicht ausmachen zu können, wegen des schlechten Empfangs in der Mitte geteilt, die Oberseite nach rechts gerückt. War das nicht Günther Jauch mit seinem

Quiz? Es schien im Studio stark zu schneien. Vielleicht hatte ein Flugzeug das Dach abgerissen, und Jauch moderierte einfach weiter? Ein Vollprofi eben – oder er war gar nicht echt, sondern nur ein Roboter. Ich zitterte, der Schneefall auf dem Bildschirm in Verbindung mit der nicht funktionierenden Heizung ließ mich träge werden. Was, wenn ich nicht mehr aufwachte? Aber wäre ich dann nicht ein typischer Zuschauer dieser Sendung? Jemand, der nicht mehr den Apparat ausschalten konnte, weil er beim Fernsehgucken gestorben war? Machte nicht gerade diese Gruppe Wehrloser die Quote aus, die Jauchs Vertrag sicherte? Spätestens am nächsten Morgen um halb acht würde die Wirtin den Flur saugen und dabei mit der Düse gegen meine Tür stoßen, das war eine alte Tradition in deutschen Hotels, ganz gleich, wie viele Sterne sie hatten. Aber was, wenn ich nicht reagierte? Wann fände sie mich? Wer würde die Tasse unten im Frühstücksraum umdrehen, wenn ich es nicht täte? Es war auch möglich, dass die Wirtin Valérie gar nicht benachrichtigte, solange sie die Zimmermiete von meiner Karte abbuchen konnte. Bei der hier herrschenden Raumtemperatur wäre ich lange haltbar. So wie jener Mann, der fünf Jahre in Hamburg-Barmbek in seiner Erdgeschosswohnung tot vor dem Fernseher lag, in der alle Fenster auf kipp standen. Gerade der Umstand, dass das Gerät laut hörbar lief, schien für den Nachbarn ein Lebenszeichen gewesen zu sein. Im Küchenfenster des Toten hatte die gesamte Zeit ein kleiner Weihnachtsbaum aus Plastik geblinkt, fünf Winter, aber auch fünf Sommer lang. Ob ihnen das nicht seltsam vorgekommen sei, fragte ein Kamerateam später die Nachbarn. Im Sommer war es natürlich schon merkwürdig, gestanden sie, aber im Winter passte es ja wieder. War das Deutschland? Ich gab mir einen Ruck und ging hinunter in den Speiseraum, um mir noch einmal das Frühstücksgedeck anzusehen. Es wartete.

Am Tresen fand ich einen Kräuterschnaps aus Clausthal-Zellerfeld. Er wärmte. Unter der Tür schien Licht aus dem privaten Teil des Hauses hindurch. Gisela bemerkte mich nicht, war doch auch bei ihr Günther Jauch zu Gast. Allerdings mit klarem Ton und in voller Lautstärke. Und wahrscheinlich mit exzellentem Bild. «Sind Sie sich sicher? Dann loggen wir ein.» Eigentlich war der Moderator doch ganz nett. Linke konnten ihn irgendwie für progressiv halten, und er hatte bestimmt nichts gegen Schwule, dachten Schwule. Auch Rechte konnten annehmen, er sei einer von ihnen, einer mit Werten. «Und das ist richtig!» Vor allem hat er noch nie ein böses Wort über den Harz verloren. Bestimmt mochte er die Gegend. Ich dagegen schreibe diese Zeilen in sicherer Erwartung mehrerer Leserbriefe aus Pensionen mit Tiernamen. «Lieber Herr Schnoy, geschockt lasen wir in Ihrem ansonsten amüsanten Buch die Passagen über den Harz und möchten Sie und Ihre Familie deshalb herzlich einladen, sich ein eigenes Bild von der Schönheit des Clausthals und unseres seit vier Generationen als Familienbetrieb geführten Hauses zu machen.»

Ich überlegte, ob ich bei Gisela klopfen sollte. Warum sahen wir nicht zusammen fern? Wo war die Familie ihres Familienbetriebs? Fehlte es daran in unserem Land? An einem Mehr an zusammen? War es inzwischen typisch für unsere Heimat, dass ihr möglichst viele den Rücken zudrehten und sich aus dem Staub machten?

Ich erinnerte mich an meine Zeit, als ich noch im Krankenhaus im Hamburger Stadtteil St. Georg jobbte, auf Station C4. Wie wenig Besuch bekamen die alten, deutschen Patienten – und wie viele z. B. die türkischen? Einmal wurde die Großmutter einer Sintifamilie eingeliefert. Den ganzen Tag saß die Familie um ihr Bett, mindestens zwölf Leute. «Herr Doktor, Herr Doktor, wird unsere Mutter wieder gesund?» Gegen neun hatte ich die Aufgabe, die Besucher hinauszukomplimentieren. Sie trollten sich, und als ich daraufhin die Bettdecke der alten Frau aufschüttelte, fand ich darunter noch ein kleines Enkelkind. Es war im Arm der Oma eingeschlafen.

Die Mischung aus Kräuterschnaps und Kälte machte mich langsam unzurechnungsfähig. Natürlich würde ich nicht zu Gisela gehen, sondern auf mein Zimmer und ins Bett. Ich ließ die Deckenlampe im Badezimmer an. Ihr Lichtschein fiel auf all die Fossilien bundesdeutscher Gemütlichkeit, und mir dämmerte es, ich würde hier weniger über das Deutschland von heute als über das von gestern lernen. Über die Nachkriegszeit, als einen im ersten Urlaub schon aufregte, einmal nicht zu Hause zu sein. Eine Dampflok zog damals noch die Waggons in den Harz, eine richtige Reise in der jungen Bundesrepublik, in der Farbfernsehen für die Menschen eine derartige Sensation war, dass sie für immer vor dem Gerät sitzen blieben. Im Wegdämmern dachte ich an den nächsten Tag, an dem ich den Brocken besteigen wollte. Es war höchste Zeit einzuschlafen. Und ich schlief wirklich fast, als sich im Badezimmer ein rasselnder Ventilator einschaltete.

↗

Lustig schmettert das Horn

«Heimat ist kein Ort,
Heimat ist ein Gefühl.»

HERBERT GRÖNEMEYER

Schlaftrunken zwar, aber weiß Gott, ich habe die Tasse selbst umgedreht, auch wenn ich mir anmaßte, für seinen Sohn ein Buch zu signieren. Gisela schenkte deutschen Bohnenkaffee hinein, lächelte versehentlich, und ich aß drei Scheiben Graubrot mit Marmelade. An diesem Tag wollte ich den Brocken erklimmen, auf der Suche nach einem alten Stück deutscher Heimat. Ich parkte meinen Landrover Defender beim Basiscamp, den Parkplatz auf dreihundert Höhenmetern. Bis hierhin wäre ich auch ohne Allrad gekommen. Zur Vorbereitung meiner Reise war ich extra bei *Globetrotter* gewesen. Dieser Outdoor-Ausrüster hat sich auf einen wachsenden Trend spezialisiert, und falls Deutschland wirklich so dicht vor dem Abgrund steht, wie viele unken, wird daraus vielleicht die Regel: das Leben im Freien. Schon oft hatte ich die dort angebotenen wind-, regen- und schneesturmdichten Jacken von *Fjällräven* und *Jack Wolfskin* in meiner Stadt gesehen, in der Oper, in Restaurants, überall, wo sie nicht hingehörten, mal in ADAC-Gelb, mal in Guantánamo-Orange. Ich war völlig überrascht, dass meine EC-Karte für eine dieser Kutten genauso glühen musste wie für einen Anzug von

Joop. Doch eine gute Ausstattung ist unerlässlich: Höhenmesser, Trekkingslipper, Schweizer Offiziermesser und ein Kochgeschirr, wie es einst schon die Wehrmacht benutzt hatte – ich war bereit, hatte alles mitgenommen, was mir auf dem Weg hinauf auf den immerhin 1141 Meter hohen Gipfel behilflich sein konnte. Noch während ich meine Ausrüstung in den Rucksack steckte und die Einsamkeit genoss, hielten neben mir zwei Reisebusse. Ihnen entstieg eine Hundertschaft quietschfideler Rentner aus dem Sauerland. Ich entschloss mich, sofort aufzubrechen, bevor mir die Senioren den Weg versperrten, wollte nicht unzählige Male sagen müssen: «Entschuldigen Sie, könnte ich kurz vorbei?» Eine gute Entscheidung, denn während die alten Leutchen noch allerhand Rucksäcke aus dem Kofferraum des Busses zogen und dabei so vergnügt jauchzten, als seien sie eine Schulklasse, entschwand ich auf den Gipfelpfad, um richtig Tempo zu machen. Durch die Hektik auf dem Parkplatz war ich allerdings nicht mehr dazu gekommen, meinen Rucksack richtig zu packen und die Preisschilder von den Treckingslippern abzuschneiden. Sicher, hier war es egal, wie ich rumlief, aber das Pappschild am rechten Schuh, und vor allem der Garantiepass am linken, schlackerten doch arg durcheinander, außerdem drückte eine Trinkflasche der Marke *Sigg*, gefüllt mit einem isotonischen Energydrink, direkt in mein Kreuz. Zum Glück war alle hundert Meter eine Bank aufgestellt, sodass ich nicht nur einen großen Schluck vom Energydrink nehmen, sondern auch gleich einen Powerriegel essen konnte. Außerdem war es sicherlich besser, im Rucksack den Fleecepullover an den Rücken zu legen und alle scharfkantigen Gegenstände, den Esbitkocher und die Dosensuppen, in Wäsche zu wickeln. Es war ruhig geworden hinter mir. Die Rentner hatten sicher schnell einsehen müssen, dass ein solcher Anstieg nicht ohne ist, vielleicht hatten sie schon aufgegeben, waren umgedreht und nach Hause gefahren. Irgendwann kann man halt nicht mehr so, wie man will. Umso mehr genoss ich die Ruhe, ließ meinen Blick über die Abhänge schweifen und hielt einen Moment inne. Doch gerade, als ich meinen Kompass betrachtete, drang eine Melodie an mein Ohr: «Hoch auf dem gelben Wa-ha-gen, sitz ich beim Schwager vorn.» Der Sound wurde immer lauter, als würde ein DJ den nächsten Track langsam reindrehen. «Vorwärts die Rosse ja-ha-gen, lustig schmettert das Horn.» Die Rentnertruppe hatte sich längst in Bewegung gesetzt, sie war mir auf den Fersen, auch wenn bis jetzt noch hinter einer Kuppe versteckt. Ihr Gesang, vom Wind gedämpft, wurde quasi von mir weggeweht. Von einem Moment auf den anderen tauchten ihre Silhouetten auf dem Pfad unter mir auf, eine lange Schlange sich wiegender Köpfe. Eben noch erfüllte Stille die Luft, jetzt waren sie wie in einem Western, einer feindlichen Reiterschar gleich, über den Bergkamm gekommen und nur noch wenige hundert Meter entfernt. Ich hatte weder Zeit, in Ruhe zu trinken, noch, Preisschilder und Garantiepass von den Schuhen zu entfernen, ich konnte lediglich den *Alpinist-Escape*-Rucksack hochreißen und weglaufen – *Escape*, der Name wurde Programm, mein Ausflug glich wirklich eher einer Flucht als einer Wanderung. «Berge und Wälder und Auen, wogendes Ährengold.» Ich musste mir eingestehen, dass die Senioren einen flotten Gang draufhatten. Als ich mich immer wieder zu ihnen umdrehte, strauchelte ich über den Garantiepass, der mir in den Schuhen jederzeit sicheren Halt versprach. Es fiel mir schwer, die Rentner abzuschütteln. Im Gegenteil, sie kamen immer näher. «Ich möchte so gerne noch blei-hei-ben. Aber der Wagen, der rollt!» Beziehungsweise überrollte er mich fast. Im letzten Moment sprang ich aus dem Weg. Nur eine Sekunde später, und ich hätte ein jähes Ende unter

Nordic-Walking-Stöcken gefunden. Nun zogen die Rentner an mir vorbei, mit ihnen eine Wolke fröhlicher Entschlossenheit und 4711 kölnisch Wasser. Vielleicht einer der demütigendsten Augenblicke meines Lebens. Viele der Wanderer schienen doppelt so alt wie ich zu sein. Wie konnten sie nur so ein Tempo vorlegen? Vielleicht hatten alle frische Hüftgelenke. Der letzte der Wanderer war offensichtlich damit beauftragt worden, liegengebliebene Kameraden einzusammeln, zumindest fragte er mich: «Brauchen Sie Hilfe?» Ich schüttelte den Kopf, während ich innerlich aufschrie: «Lasst mich ruhig liegen, ich halte euch doch eh nur auf!»

Als ich nach einem mir endlos erscheinenden Aufstieg am Gipfelrestaurant ankam, sah ich hinter den Butzenscheiben Gesichter hold lachen und den Wirt in Krügen schäumende Gerstengetränke heranbringen – die Realität gewordene zweite Strophe des «Gelben Wagens». Konnte etwas erniedrigender sein? Sah ich so erschöpft aus wie Messner nach dem Erklimmen des Nanga Parbat? Kaum dass ich die Schänke betreten hatte, winkte mich die Gruppe auch schon heran. «Kommen Sie, kommen Sie. Sie sind doch der junge Mann, der vorhin die ganze Zeit auf sein Handy gestarrt hat. Sie hatten wohl kein Netz?» Die Gruppe brach in Gelächter aus, war so gut gelaunt, dass hierfür nicht mal mehr eine Pointe vonnöten war. «Ich muss mal», sagte eine, «denn mal los» ein anderer – wieder Gelächter. Dabei hatte ich nicht auf mein Handy gestarrt, sondern auf einen Powerriegel, um einen direkten Blickkontakt mit meinen Peinigern zu meiden. Aber für eine bestimmte Altersgruppe war das Starren auf Displays der Grund Nummer eins für Abwesenheit bei Jüngeren. Außerdem gab es da unten wirklich kein Netz. Dafür war der Empfang im Gipfelrestaurant umso stärker, wohl weil wir direkt unter dem Sendemast saßen. Ich konnte der Gruppe deshalb als Dank für den mir ausgegebenen deutschen «Cappuccino», also Filterkaffee mit Sprühsahne, eine Stauvorhersage für die Heimfahrt ins Sauerland auf meinem iPhone zeigen; außerdem den Text der letzen Strophe des Gelben Wagens, über den ein Streit ausgebrochen war. Ein Blick ins Internet genügte. Hieß es «Ade, ihr Lieben, die ihr nicht sterben wollt» oder «Ade, ihr Lieben, die ihr nicht mitfahren wollt»? Letzteres. Aber es geht in ihr ums Sterben, wenn man noch bleiben möchte, aber nicht kann.

Nach und nach schloss ich Freundschaft mit der aufgekratzten Truppe. Ja, der Harz sei für sie in jedem Fall ein Stück Heimat, hier seien sie schon als Kinder gewandert, als die meisten noch Bündische waren. Hier kannten sie jeden Stein. Während ihre Kinder nach Florida reisten und sogar die Enkel mit Rucksäcken in Thailand unterwegs waren, trauten sie sich nicht mehr so weit weg. Wozu auch? Hier gab es doch alles, was man brauchte. Und mir wurde klar, wie wichtig es ist, sich an einem Ort auszukennen, sich mit seiner Heimat vertraut zu fühlen. Doch dieser Ort, den man eigentlich zu kennen meint, wandelt sich mit der Zeit. Was, wenn das Gewohnte zur Erinnerung wird und die Umgebung mit all ihren Veränderungen so neu und unüberschaubar ist, dass man sich zu Hause fremd fühlt? Das Gipfelrestaurant war nachsichtig mit jenen, die die neue Zeit unheimlich anmutete. Zinnteller und rustikale Möbel, Filterkaffee und weißes Stapelporzellan, wie es auch in Krankenhäusern und Pflegeheimen verwendet wird. Auch die Speisekarte bot historische Speisen, Schnitzel mit Pommes, Kassler oder drei Kartoffelpuffer mit Apfelmus. Mein ultramodernes Handy hingegen wurde von einer älteren Dame mit dem Stempel «Schnickschnack» versehen. Sie brauche schon an sich kein Handy und eines, mit dem man Hotelzimmer buchen und Landkarten runterladen konnte, erst recht nicht. Dabei war gerade die Lawinenwarnfunktion perfekt für meine Wanderung, eine echte Neuheit. Ich weiß, Lawinen sind auf dem Brocken höchst selten, vor allem im September, aber man weiß ja nie, und falls ich verschüttet werden sollte, sendete dieses kleine clevere Gerät ein Rettungssignal an Suchtruppen. Immer, wenn ein neuer technischer Schnickschnack auf den Markt kommt – zum Beispiel eben das iPhone, Internetseiten wie Facebook oder die Kaffeekapselmaschine *Nespresso* –, gibt es zwei Gründe, sie nicht zu benutzen. Entweder, weil sie total überflüssiger Quatsch sind oder weil man selbst langsam alt wird und nicht mehr in der Lage ist, mit der Zeit Schritt zu halten und diese Dinge zu bedienen. Natürlich ist es schmerzhaft, sich Letzteres einzugestehen, umso größer wird im Laufe des Lebens die Summe der Erfindungen, die man für totalen Quatsch hält. Für meinen Opa gehörte dazu schon elektrisches Licht. Völlig überflüssig, befand er, lesen könne er tagsüber, und nachts würde er sowieso schlafen. Lebte er noch heute, die Liste der sinnlosen Neuerungen wäre für ihn unendlich lang. Als ich ihm einst die Vorzüge des Transrapids erklärte und ihm vorschwärmte, dass er mit ihm irgendwann mit über vierhundert Kilometern pro Stunde nach Berlin und wieder nach Hause fahren könne, krächzte er nur: «Wozu soll ich nach Berlin fahren und wieder zurück? Ich bin doch schon hier!»

Meine bis heute sehr agile Oma ist hingegen der Ansicht, man müsse mit der Zeit gehen, und so machte sie noch spät einen Führerschein und bestellte einst den Stromanschluss für Licht, das mein Opa daraufhin immer ausmachte («Verschwendung!»). Sie hat sogar ein Handy, wenn auch einen jener nicht mehr ganz modernen Nokiaknochen. Er hat nur ein Feature, heute unvorstellbar, und das ist: Telefonieren. Darüber hinaus eignet sich das schwere Ding allerdings auch gut als Hantel. Als ich ihr jüngst ein Foto aufs Handy schickte, vergaß ich, dass ihr das Gerät kein Foto anzeigen konnte. Dafür bekam sie eine SMS mit dem Hinweis, sie könne sich das Foto nun im Internet anschauen. Meine Oma ist für eine 92-Jährige zwar aufgeschlossen, einen Internetanschluss hat sie aber nicht. Nach drei Wochen klingelte ihr Telefon zu Hause, und eine Computerstimme sagte monoton: «Sie können sich das Foto jetzt beschreiben lassen. Drücken Sie hierzu die Rautetaste.» Leider hat meine Oma noch ein Telefon mit Wählscheibe.

Vielleicht ist es auch besser, nicht alles mitzumachen, da sich manches wieder überlebt und unsere Heimat nicht auf Dauer, sondern nur vorübergehend verändert. Wer es geschafft hat, zwanzig Jahre lang die Erfindung der Videokassette zu ignorieren, gehört jetzt zu den Glücklichen, die sich nicht mit einem von VHS-Kassetten zugemüllten Keller herumschlagen müssen. Kassetten, die man sich eh nie wieder anschauen kann, weil es keine Recorder mehr gibt, um sie abzuspielen. Die anderen müssen sich bei jedem Aufräumen mit der Frage quälen: wegschmeißen oder nicht? In den Sperrmüll geben, wie die Musikkassetten und die Vinylplatten, oder doch alles aufheben, wie die Kisten voller Dias? Allesamt Zeugen einer letztlich enttäuschten Liebe für eine neue Technologie. Am Ende sitzt man zwischen all den Begleitern aus längst vergangenen Jahrzehnten und fühlt sich fremd, an dem Ort, an dem man eigentlich zu Hause sein müsste. Neue Technologien verändern zwar den Alltag, führen zu einer Beschleunigung des Lebens, das Wesentliche unserer Heimat, das ich im Laufe des Buches herausarbeiten möchte, berühren sie indes nie. Gerade im Internet ist vieles nicht von Dauer. Eine Zeitlang waren Millionen Menschen der Meinung, man müsse unbedingt eine virtuelle Persönlichkeit bei *Second life* haben, so viele, dass Firmen dort virtuelle Filialen eröffneten. Bis irgendwann das Wachstum vorbei war, eine richtige Rezession die Onlinewelt heimsuchte – insofern war sie wirklich erschreckend nah am echten Leben. Trotzdem wurde vielen Nutzern eines klar: Eine virtuelle Persönlichkeit ist nie so spannend wie eine im echten Leben. Trotzdem richten sich viele eine solche bei Kommunikationsplattformen wie Facebook ein. Innerhalb von wenigen Tagen kontaktet man unzählige Freunde, längst vergessene, die man zuletzt vor zwölf Jahren gesprochen hat und nach deren Mails einem wieder einfällt, warum man zwölf Jahre lang keinen Kontakt zu ihnen hatte. Trotzdem bekommt man von ihnen und anderen entfernten Bekannten täglich Informationen wie: «Ganz schön kalt heute», «Hab jetzt Hunger» oder «Bin müde, geh ins Bett», um nur die häufigsten zu nennen. Mir als leidenschaftlich Schreibendem sind diese ultrakurzen Nachrichten höchst suspekt. Als ich versuchte, meinen inzwischen 170-köpfigen «Freundeskreis» mit der Neuigkeit «Musste gerade pupsen» dazu zu bringen, mir die Freundschaft zu kündigen, erhielt ich Dutzende Antworten: «Ich auch!», «Fenster auf!» Die Einladung in eine Gruppe für Verdauungsgeplagte war dabei noch die unterhaltsamste. Ist es notwendig, jeden Eiertanz mitzumachen? Gestern bei Myspace, heute bei Facebook und morgen bei Foursquare zu *posten*? Braucht man ein Smartphone, oder reicht ein Stupidphone mit Wählscheibe? Wer heute eine Fahrkarte der Deutschen Bahn am Schalter kaufen möchte, so wie es immer üblich war, gehört zu den exzentrischen Kunden. Tickets gibt es am Automaten mit Touchscreen, im Internet zum Ausdrucken oder direkt aufs Handy. Ältere Reisende stehen hilflos vor Displays und Tastaturen, als versuchten sie in Indien eine Fahrkarte von *Visakhapatnam* nach *Vizianagaram* zu kaufen. Dabei fordert die Bahn zwar Modernität von ihren Kunden, verkauft selbst aber die gute alte Zeit. So wurden die Waggons alter

Interregio-Züge einfach weiß lackiert, mit einem roten Strich in der Mitte. Sie sehen also von weitem, oder, wenn man völlig betrunken ist, auch von nahem, aus wie ein ICE. Innen hingegen nimmt man Platz in den frühen 90ern, auf zwanzig Jahre alten Polstern, umgeben von viel Türkis und Rosa aus einer Zeit, als es bei der Bahn noch rosa Elefanten gab.

Wo müssen wir uns verändern, wo nicht? Als mein Vater einen seiner Enkel mit der Spiegelreflexkamera knipste, rannte dieser sofort auf ihn zu und rief: «Zeig mal, zeig mal, wie es geworden ist!» Doch auf der Rückseite der Kamera befand sich kein Display mit einer Bildvorschau, nur schwarzer Kunststoff. Wie? Man konnte sich das Bild nicht sofort anschauen? Der Enkel war irritiert. Mein Vater erklärte, das Bild befinde sich jetzt als Negativ auf der Filmrolle, erst wenn diese mit Bildern gefüllt sei, könne er sie herausnehmen. Konnte man sich das Bild dann anschauen? Nein, es würde sonst überbelichtet, die Rolle brächte er in einen Fotoladen, und nach fünf Werktagen könne er sich die Fotos abholen. Unglaublich. Der Junge schaute seinen Großvater an, als habe dieser ihn am Kindergarten mit einer Dampfmaschine abgeholt.

Technische Neuerungen hat es immer gegeben, sie haben mehr oder weniger unser Leben verändert und sind häufig auf Unverständnis und Argwohn gestoßen. Mein Großvater beobachtete von seinem Wohnzimmerfenster aus skeptisch die neuen gefährlichen Autos auf der Straße. Lange hatte er sich auch gegen einen Fernseher gewehrt; als er letztlich doch einen anschaffte, verdeutlichte der ihm täglich, dass die Welt da draußen nicht mehr die war, in der er sich als kleiner Junge bestens ausgekannt hatte. Mit Fuhrwerken und Handwerkern, Holzöfen und einer Straßenbahn, an deren Strecke man kilometerweit wanderte, um den Groschen für die Fahrkarte zu sparen. Dabei war auch seine Jugend voller Schnickschnack, dem wiederum die Älteren skeptisch gegenüberstanden. Schon als 1835 die erste Eisenbahn von Nürnberg nach Fürth mit gerade mal dreißig Kilometern pro Stunde fuhr, war diese Erfindung in den Augen vieler Leute völlig überflüssig; Ärzte warnten sogar, es könne durch die ungewohnt hohe Geschwindigkeit bei den Reisenden zu einem *Delirium furiosum* kommen, einer geistigen Unruhe. Die heutigen Züge haben mit der damaligen Dampflok nicht mehr viel gemeinsam, doch das Delirium furiosum ist geblieben. Man bekommt diese geistige Unruhe aber nicht wegen der atemberaubenden Geschwindigkeiten, sondern eher wegen der gefühlten Langsamkeit der Bahn.

Aber so flott die technische Entwicklung auch voranschreitet, unseren Alltag und das Zusammenleben verändert und mit sich bringt, dass wahrscheinlich auch wir dereinst durch unser Wohnzimmerfenster schauen und die Welt nicht mehr verstehen – Heimat ist jenseits dieser Veränderung und zeichnet sich durch das aus, was bleibt. Für mich ist ein Stück Heimatgefühl zum Beispiel auch der Bohnenkaffee, den meine Oma mit der Hand in einem Filter aus Porzellan aufbrüht. Er duftet und schmeckt himmlisch. Doch wie romantisch und rückwärtsgewandt dieser Gedanke war, merkte ich, als sie mich eines Tages nach diesen neuen Kapselmaschinen fragte. Ihre Nachbarin habe eine, die seien ja schon praktisch, und der Kaffee so italienisch, mit Schaum! Nächste Woche bringe ich ihr eine. Auf in den Technikmarkt.

Wenn Heimat Vertrautheit bedeutet, woher nimmt man die Koordinaten, die diesen Raum kennzeichnen? Als mir meine Großeltern Einblicke in ihre Welt von früher gaben, kamen mir manche ihrer Ansichten ebenso schrullig vor wie bei den betagten Wanderern im Harz. Ich als vierzigjähriger Mann fühle mich hingegen *normal* alt und empfinde auch meine Lebensrealität als normal. Neben normal alten Menschen wie mir gibt es natürlich noch die Jungen, die man nicht allzu ernst nehmen sollte, und die Alten, die man noch weniger ernst nehmen sollte. Mein Problem ist nur, dass ich schon immer der Meinung war, normal alt zu sein, so fand ich mit zwanzig, man könne ältere Menschen, Leute über dreißig, nicht ernst nehmen. Entschuldigung, aber wie kann man in einem Szeneviertel eine geräumige Wohnung aufgeben, um in einen Vorort wie Pinneberg zu ziehen? Nur weil es da weniger Spritzen auf dem Spielplatz und mehr Parkplätze gibt?

Wenn ich heute so auf der Terrasse meines Reihenhauses in Pinneberg sitze, kann ich über solche Gedanken nur den Kopf schütteln. Wozu brauche ich Szenecafés mit arroganten Kellnerinnen, die tagsüber irgendwelche Praktika «in den Medien» machen, wenn in meiner Küche eine original Espressomaschine von *Arte di Poccino* steht? Und während der Wind die Buchsbäume streichelt, trinke ich diesen einfach nur als perfekt zu bezeichnenden Kaffee, lausche dem beruhigenden Rauschen des Geschirrspülers und betrachte meinen Landrover Defender in der Nachmittagssonne, der mich gerade von meiner Harzmission sicher in die Großstadt zurückgebracht hat. Wenn die Rushhour auf der A23 vorbei ist, fahre ich vielleicht nochmal kurz in die Stadt. Bei *Manufaktum* gibt es zurzeit gut verarbeitete Gartenmöbel aus Nussholz.

Die Generation der jetzt Fünfzigjährigen? Es ist ja wohl nichts peinlicher, als mit einem schlecht verheilten Bandscheibenvorfall auf eine Harley zu steigen und sich dann von der Ehefrau aus dem Zentralmassiv abholen zu lassen, weil der Sattel zu hart war und man nicht mehr sitzen kann. Auch die in diesem Alter hysterisch gefeierten Zweit- und Dritthochzeiten, diese Wirhaben-nochmal-richtig-Spaß-Phase, ist wirklich nervtötend. Sechzigjährige entdecken plötzlich die Nordfriesischen Inseln als Ferienziel und beschweren sich, wenn Kinder auf dem benachbarten Spielplatz spielen. Und alle wesentlich Älteren haben bis heute nicht nachvollziehbar erklärt, warum sie für einen arbeitslosen Maler aus Österreich halb Europa zerstört haben.

Mit vierzig steht man indes mit beiden Beinen im Leben. Man hat viel Wissen gesammelt, ist aber noch nicht zu schwach, es auch umzusetzen. Eigentlich gehört die Verantwortung für unser Land in die Hände von Männern und Frauen meines Alters. Umso mehr befremdet mich, welche Regierung seit der letzten Bundestagswahl die Geschicke unserer Heimat bestimmt. Ich musste lange überlegen, bis ich darauf kam, was es war, aber dann hatte ich es. Zwei Minister, später sogar drei, waren jünger als ich. Ein seltsames Gefühl, wenn Leuten, die schon von ihrem Geburtsdatum her nur grün hinter den Ohren sein können, plötzlich verantwortungsvolle Aufgaben anvertraut werden. Wie zum Beispiel Karl-Theodor zu Guttenberg, bei Amtsantritt 37 Jahre alt, die Verteidigung unseres Landes und Philipp Rösler, der noch ein Jahr jünger ist, die Gesundheit der Deutschen. Vielleicht haben Sie sich ja schon daran gewöhnt, dass die Welt von Jungspunden und Lausbuben regiert wird. Ich bin immer wieder schockiert. Die später vereidigte Familienministerin ist Jahrgang 77. Wie soll man sich bitte schön um Familien kümmern, wenn man selber noch ein halbes Kind ist?

Zuerst fiel es mir im Fernsehen auf. Früher saß ich gebannt vor dem Gerät, um mir von gestandenen Männern wie Karl-Heinz Köpcke oder Damen von Welt wie Dagmar Berghoff ebendiese Welt erklären zu lassen. Derweil krümelte ich das Sofa mit Keksen voll und musste alsbald ins Bett. Inzwischen scheint die Welt kopfzustehen, wenn ich als gestandener Mann in der Mitte des Lebens vor dem Fernseher sitze und mir junge Frauen, ja, ich möchte fast sagen, Mädchen, von der Lage am Hindukusch oder im UN-Sicherheitsrat berichten. Ich bin mir fast sicher, dass sie zwischen den Sendungen das Studio mit Keksen vollkrümeln und eine Runde Gummitwist spielen. Diese Backfische wollen mir etwas vom Nahen Osten, dem Gaza-Streifen erzählen, wo sie doch ihre eigenen Reisen bisher höchstens auf einen Ponyhof führten?

Lange Zeit waren Menschen mit Verantwortung immer älter als ich, Lehrerinnen, Bürgermeister und natürlich Minister. Schon bei Mitmenschen meiner Generation habe ich gewisse Zweifel, dass sie verantwortlichen Positionen wirklich gewachsen sind – Politiker geht gerade noch, aber Ärzte? Als sich mir während eines Krankenhausaufenthalts der Oberarzt vorstellte und wir beim Plaudern herausfanden, dass wir derselbe Jahrgang waren, schmolz mein Vertrauen auf ein Minimum zusammen. Wir hätten in dieselbe Klasse gehen können! Er hätte einer von uns sein können, die wir damals die Turnbeutel der Mädchen auf das Vordach der Sporthalle geworfen hatten und beim Umziehen in der Umkleide immer versuchten, uns die Hosen runterzuziehen. In den Büschen hatten wir selbstgedrehte Zigaretten aus Gras – und damit meine ich echtes Gras von der Wiese hinter dem Bolzplatz – geraucht, bis uns der Schuldirektor an den Ohren ans Licht zog. Für ihn waren wir damals eine schlimme Rasselbande voller Rotzlöffel. Er hatte recht. Und ein solcher Rotzlöffel sollte mich jetzt operieren? Auf keinen Fall! Ich bestand auf einem älteren Kollegen, am besten einem mit grauen Haaren. Ergraute Schläfen waren für mich bis vor kurzem immer ein sicheres Zeichen für Lebenserfahrung und Weisheit. Doch was, wenn man selber ergraut und feststellt, dass das jeder Trottel schafft? Ja, dass selbst ein Vollbart Marke Saddam

Hussein ohne einen Funken Weisheit von selbst wächst, wenn man sich in einem Loch verstecken muss?

Sicher, auch Jüngere machen einen guten Job. Wobei ich im Applaus für die neuen, jungen Minister auch stets eine Spur jener Begeisterung heraushöre, die Eltern empfinden, wenn ihr Nachwuchs laufen gelernt hat, ein erstes Theaterstück in der Schule aufführt oder nach vielen Stunden am Klavier etwas vorspielt. Es schwingt immer ein «Ach, wie toll sie das machen, dabei sind es noch Kinder» mit.

Natürlich weiß ich, dass die Zeit gegen mich arbeitet. Künftige Kanzlerinnen und US-Präsidenten machen heute noch in die Windeln, und wenn sie einst große Reden im Fernsehen schwingen, fällt mir garantiert das Hörgerät vor Empörung aus den Ohren. Was kann die Welt einem Neunzigjährigen schon erzählen? Sie soll erst mal sehen, dass sie aus dem Gröbsten rauskommt. Irgendwann ist die ganze Welt grün hinter den Ohren.

Es gilt aber das zu finden, was fortbesteht, denn das ist es, was meiner Ansicht nach Heimat ausmacht. Und es ist vorab schon mal gut zu wissen, dass sich nicht nur unsere Umgebung ändert, sondern auch wir selbst. Heimat nimmt durch diese Veränderungen keinen Schaden, es gibt viele Konstanten, die das Leben bei uns bestimmen, Situationen, bei denen Jung wie Alt ähnlich ticken, weil sie hier aufgewachsen sind. Für manches liegen die Gründe schon lange zurück, wirken aber bis heute weiter, man muss nur die Augen dafür öffnen. Ich will dies in den nächsten Kapiteln tun. Heimat sind die Dinge, Landschaften, Eigenheiten, die es nur bei uns gibt, in der uns vertrauten Umgebung und nicht anderswo. Da wir in Deutschland leben, geht es auch darum, herauszufinden, was typisch deutsch ist, jenseits von altbekannten Aussagen wie der angeblich so charakteristischen Gründlichkeit.

Bis jetzt habe ich eines festgestellt: Egal, wohin man fährt und wie weit weg, unsere Heimat fährt immer mit, selbst wenn sie in uns schmerzliche Erinnerungen weckt und wir sie gerne vergessen wollen. Und gerade, wenn wir weit wegfahren, weil wir Amerika, London und Paris irgendwie cooler und aufregender finden als die langweilige Gegend, aus der wir kommen und in der wir aufgewachsen sind, gerade in der Ferne verdichtet sich die Vorstellung von dem, was unser Zuhause ausmacht. Plötzlich steht es in aller Klarheit vor uns, eben weil wir nicht daheim sind und obwohl wir längst vergessen hatten, was unser Leben auszeichnet. Unsere Heimat ist ein Haus, in dem wir schon immer lebten und das wir selten verlassen. Doch erst, wenn wir es tun und vor ihm stehen, können wir sagen, wie schön es ist, dass es einen Giebel hat und Fenster, hinter denen Menschen wohnen, die wir lieben und die wir um uns haben wollen. Mir ist klar geworden: Heimat ist elementar für unser Leben. Aber was macht sie aus, unsere Heimat von heute? Wie bestimmt sie unser Leben und Empfinden?

TEIL II

Wer sind wir?

Gründlich daneben

«Deutschland ist für mich eine innere Welt.»

KARL LAGERFELD

Als die letzte E-Klasse von Mercedes auf den Markt kam, jubelte die Eigenwerbung, die Limousine habe ein rundes Dutzend neuer Sicherheitssysteme. Zum Beispiel den Totwinkelassistent für den nackenfaulen Fahrer, der den Schulterblick meidet. Ausgefeilte Radartechnik übernimmt diese Arbeit, erkennt alles, was sich im toten Winkel befindet, und löst bei Gefahr ein akustisches Warnsignal aus, ein *Piiieeeep*. Neu ist auch der «Attention Assistent». Wurde man früher während der Fahrt müde, bemerkte man gar bei genauer Selbstbeobachtung ein herzhaftes Gähnen, legte man eine Kaffeepause ein. In der neuen E-Klasse gibt es für einen solchen Fall einen vollautomatischen Aufmerksamkeitsassistenten. Er misst mit Hilfe zahlreicher Sensoren meine typischen Lenk- und Pedalbewegungen und stellt ein Benutzerprofil zusammen. Weiche ich nun nach mehrstündiger Fahrt von diesem Profil ab, leuchtet ein Warnsignal, ein Symbol in Form einer Kaffeetasse, auf. Es erinnert daran, haltzumachen und sich auszuruhen, bis man sich erholt hat. Ignoriert man auch diese Warnung und dämmert bei der weiteren Fahrt langsam weg, hilft der neue Spurhalteassistent. Dieses System tastet mit Hilfe zahlreicher – genau: Sensoren! – die Fahrbahnlinien ab und alarmiert einen gegebenenfalls mit einem weiteren Warnton, der allerdings im Konzert der anderen Warntöne untergehen könnte. Falls selbst das nicht hilft, kann die «Adaptive Brake» eine Notbremsung veranlassen, sofern ein Sensor dies für nötig hält. Angesichts dieser endlosen Kette von Sicherheitssystemen muss die Frage erlaubt sein, wie verpennt der durchschnittliche Mercedeskunde eigentlich ist, wenn ihn nur diese Anhäufung elektronischer Finessen in der Spur halten kann. Bei der nächsten E-Klasse erwarte ich, dass der Bordcomputer das Restrisiko Mercedeskunde vollends überwindet. Es fehlt nur eine Schnittstelle, um das ganze Zeug mit der Navigation zu verbinden, und schon könnten die Limousinen allein und damit noch sicherer ins Ziel rollen. Im Übrigen ist schon ein System erfunden, das einen in der Spur hält, selbst wenn man einnickt – und das über Stunden. Die Erfindung heißt «Eisenbahn» und wurde bereits 1804 gebaut.

Ich will mit dem Beispiel auf etwas hinaus, das sich jenseits der deutschen Gründlichkeit befindet, von der man so oft hört. Nicht Gründlichkeit im Sinne einer Korrektheit oder Ordentlichkeit ist typisch deutsch, auch Japaner und Schweden sind in diesem Sinne gründlich, sondern das gründliche Sich-in-ein-Problem-oder-eine-Situation-Hineinfressen, das Sich-Festfahren, das Sich-Verbeißen-und-dabei-den-Überblick-Verlieren. Dieses Phänomen erklärt manches im Deutschland von heute und gestern. So kann man bei Mercedes den Spurhalte-, Nichteinschlaf-, Notbrems- und Totwinkelassistenten bestellen, alles Systeme, die bei Schläfrigkeit oder mangelnder Aufmerksamkeit hellwach sein sollen – gleichzeitig aber auch den Fahrersitz als «Multikonturvariante» ordern, als Massagesessel, der einen so entspannt, dass man gar nicht anders kann, als wegzudösen.

Eine sinnreiche Kombination bei Tempo zweihundert auf der Überholspur: Massagestäbe und ein Technologiepaket, das versucht, allein zu fahren, während dem Fahrer vor lauter Tiefenentspannung die Augen zufallen. Darüber hinaus bedeutet eine solche «Weiterentwicklung», fortan noch mehr Sensoren im Auto zu haben, und wenn eines nervt, sind es Sensoren. Wer hat nicht schon mal fluchend eine Handtasche oder eine Kiste Mineralwasser auf dem Beifahrersitz festgegurtet, da ein Sensor der Meinung war, dass ebendort auf dem Sitz ein Mensch säße, der – gefälligst! – anzuschnallen sei? Vielleicht eine sehr schlanke Frau mit dem Gewicht von sechs Flaschen *Volvic*? Es piept so lange, bis man klein beigibt. Allein Taxifahrer pfeifen aufs Piepen, haben abgeschnittene Gurtstecker vom Schrottplatz in die Buchsen gesteckt und damit ihre Ruhe. Nur sie kennen auch dubiose Werkstätten, die jedweden piependen Warnton eliminieren, zum Beispiel jenen, der auf eine offene Tür hinweist und deshalb besonders oft nervt.

Es ist nicht einmal nötig, ein Auto zu besitzen, um in Deutschland von Sensoren belästigt zu werden. Wer sich heute an moderne Waschbecken stellt, muss hysterisch die Hände reiben, damit der Sensor des Wasserhahns anspringt. Gleiches gilt beim Trockner. Manchmal muss man selbst in der Toilettenkabine permanent herumfuchteln, um den Lichtsensor von der Anwesenheit einer Person zu überzeugen, die ohne Licht aufgeschmissen ist. Auf deutschen Autobahnraststätten hat die Firma *Sanifair* die Technologisierung auf die Spitze getrieben. Dort bekommt man auch das Papierhandtuch nur, wenn der Sensor es will. Warum hört lebenswichtige Sicherheitstechnik, ABS, ESP und Airbags, auf jene Sensoren, die nicht mal in der Lage sind, ein paar Hände unter dem Wasserhahn zu erkennen?

Sich festzubeißen, statt Auswege zu suchen und Konsequenzen zu ziehen, ist eine deutsche Eigenart, die sich durch alle Lebensbereiche zieht. Jahrelang streiten sich Nachbarn um Zäune, Bäume und Komposthaufen, es wird geklagt und geschimpft, nur auf die naheliegendste Idee kommt niemand: umzuziehen. Das käme einem Aufgeben gleich, einer Kapitulation. Lieber den Rest des Lebens leiden – aber aufgeben? Bis heute sind Deutsche so beharrlich wie einst Luther. Für viele ist sein Ausspruch «Hier steh ich nun und kann nicht anders» zum Lebensmotto geworden. Einen einmal eingeschlagenen Weg geht man weiter, auch, wenn noch so große Widerstände auftauchen, und selbst, wenn es viel leichter wäre, einfach links oder rechts abzubiegen. Niemals! Gerade Linke sind in dieser Hinsicht deutscher, als ihnen lieb ist, haben sie doch das Wort «Beziehungsarbeit» erfunden. Dabei sollte das Leben mit dem Partner doch eigentlich jenseits aller Anstrengungen sein: Man lebt, liebt, streitet, versöhnt sich und geht erst am nächsten Tag wieder zur Arbeit. Doch auch in Beziehungen neigen Deutsche zum Sich-Festbeißen, verlängern sie jahrelang unhaltbare Zustände, anstatt einfach zu sagen, komm, wir lassen es. Auch die mir liebgewordenen Rentner aus dem Harz schufteten bis zum Schluss für ihre Gesundheit und Agilität. Dabei ist gerade der Kampf gegen das Älterwerden aussichtslos. Senioren in Italien, Frankreich und der Türkei wissen das. Sie sitzen lieber das letzte Viertel ihres Lebens in Cafés und entspannen sich, spielen Karten und trinken Kaffee. Am Ende gewinnt doch der Tod, und es ist viel eleganter, ihn in einem Kaffeehaus zu begrüßen als beim Bodenturnen. Damit kann sich ein Deutscher allerdings nicht abfinden.

Wenn die eigenen Eltern beide Deutsche sind, hat man eigentlich kaum eine Chance, sich von diesen kulturellen Eigenheiten allzu weit wegzubewegen. Selbst radikale gesellschaftliche

Gegenentwürfe von Veganern, Autonomen oder Feministinnen sind in vielen Details erstaunlich deutsch. Aus ihrer Gesellschaftskritik und ihren alternativen Ideen wurden Dogmen. So gibt es in Frankreich keine relevante Antiatomkraftbewegung, in Deutschland hingegen muss, wer links ist, auch gegen Atomkraft sein. Bestimmte Diskurscodes wurden in Granit gemeißelt. Es gibt genaue Vorschriften, wie man etwas formulieren muss und Sätze konstruiert – das Indefinitpronomen «man» darf schon mal nicht auftauchen. Kaum macht jemand den Mund auf, ist klar, ob er oder sie dazugehört oder nicht. Eigentlich ein perfider Mechanismus, den früher deutsche Eliten für ihre eigene Abgrenzung benutzten, der heute aber an Kraft verloren hat.

Auch aus der linken Art, sich individuell zu kleiden, wurden mit der Zeit Uniformen, die jedes Mitglied zu tragen hat, sonst droht der Ausschluss. Wenn ich mich mit Schlips in das Plenum von Hausbesetzern begäbe, erlebte ich dieselben Irritationen, als wenn ich mit Punkfrisur und Kapuzenpulli beim Neujahrsempfang des Anglo-German Club auftauchen würde. Gerade all jene, die meinen, sie könnten als Deutsche in Deutschland ganz anders leben als all die anderen, werden in diesem Buch viel finden, was uns Deutsche über Generationen und politische Lager hinweg vereint. Auch ich merkte, dass meine geliebte Individualität und Internationalität auf dem Fundament meiner Heimat steht, mit all ihren Gepflogenheiten. So widme ich ein ganzes Buch einem einzigen Gedanken, schmeiße mich in aller Gründlichkeit in seine Vertiefung, versuche den letzten Bedeutungswinkel zu finden, kurz, ich arbeite selbst dann noch, wenn andere feiern gehen.

Irgendwann musste ich mir auch eingestehen, dass ich – typisch deutsch – nie etwas Verbotenes tue: Ich traue mich nicht mal, am Nachmittag zwischen eins und drei den Rasen zu mähen, und fahre nicht über eine rote Ampel, selbst, wenn ich nachts in einem Industriegebiet vor ihr stehe und weit und breit kein anderes Auto zu sehen ist. Italiener brauchen für einen solchen Regelverstoß nicht mal ein Industriegebiet, meine subversiven Aktivitäten sind dagegen überschaubar. Einmal entdeckte ich an einer Bushaltestelle eine Frau, der der Bus vor der Nase weggefahren war. Er stand noch vor ihr, als sie angerannt kam, war aber schon einen Meter aus der Haltebucht herausgerollt und wartete vor einer Ampel. Obwohl die Frau wild gestikulierte, öffnete der Fahrer die Tür nicht mehr – aus versicherungsrechtlichen Gründen, hätte er wohl gesagt. Mir schien es allerdings vielmehr so, als wolle er das kleine bisschen Macht, das man als Busfahrer hat, genießen. Angeblich gibt es geheime Trainingscamps für Busfahrer, bei denen sie genau dies üben: Fahrgäste heranlaufen zu lassen und im letztmöglichen Moment den Knopf für den Türschließer zu betätigen.

Ich beobachtete die Szene in meinem Auto und bot der Frau durchs geöffnete Fenster an, einzusteigen und zu versuchen, mit mir dem Bus nachzufahren. Rasch überholten wir ihn, und ich setzte die Dame an der nächsten Haltestelle demonstrativ vor ihm ab. Zugegeben, mit dieser Zivilcourage hätte ich den Faschismus nicht verhindert.

Umso mehr freute ich mich, als ich endlich etwas entdeckt zu haben glaubte, bei dem ich nicht der deutschen DIN-Norm entspreche: Ich stehe nicht früh auf. Ich weiß nicht, wie viele Jahre noch vergehen müssen, bis endlich alle, die bei mir anrufen, merken, dass ich vor Mittag nicht zu sprechen bin. Ich gestehe es hiermit schwarz auf weiß, und es kann damit auch gerichtlich gegen mich verwendet werden: Vor zwölf Uhr mittags nehme ich keine Anrufe entgegen, keine Termine wahr, fange ich nicht mal an zu arbeiten. Gerade in unserem Land kommt dies dem Geständnis gleich, ich würde hin und wieder Nachbarn einfangen, sie mit dem Teppichmesser ihrer Organe berauben und diese bei eBay verscherbeln. Die meisten wollen mich belehren: Früher Vogel fängt den Wurm. Aber was heißt das eigentlich für den Wurm? Er kann doch nur zu einer Erkenntnis kommen: Lange liegen zu bleiben ist das Sicherste, was man machen kann. Mir geht es ähnlich. Wenn ich mal versucht habe, früher aufzustehen, stieß ich beim Gehen verschiedene Gegenstände um, die dunkle Flüssigkeiten auf hellen Teppichen verteilten, und schlief bei dem Versuch, an meinem Schreibtisch irgendetwas Kreatives zustande zu bringen, wieder ein. Außerdem, was verpasse ich eigentlich zwischen sechs und zwölf? Frühaufsteher müssen ihr Auto ab November oft mühselig von Eis befreien, berichten von schlimmen Wintereinbrüchen, deren Schneemassen am späten Vormittag längst geräumt, wenn nicht geschmolzen sind. Dann reihen sie sich in riesige Staus ein und fahren im Schritttempo über die Elbbrücken. Schon aus sozialer Verantwortung halte ich mich da raus, will den Stress für die Pendler nicht noch erhöhen. Meine Mitmenschen belästigen hingegen immer wieder meinen Anrufbeantworter mit Sprüchen wie: «Hey, aufgestanden, du fauler Sack, hier ist Wolfgang.» Wobei ich bei Wolfgang nicht mal abnehme, wenn ich putzmunter neben dem Telefon sitze. Einige besonders hartnäckige Bekannte begrüßen mich stets mit dem Satz: «Na, schon aufgestanden?» – ganz gleich, ob wir uns nachmittags oder am Abend treffen, als verbrächte ich den größten Teil meines Lebens schlafend in einem Sarg.

Wer nicht früh aufsteht, macht sich verdächtig, nicht richtig zu arbeiten, und darauf steht bei den Deutschen – wäre sie nicht verboten – die Todesstrafe. Deshalb soll mich eine im nächsten Satz eröffnete Gegenrechnung entlasten: Wenn ich von zwölf bis fünfzehn Uhr über meinen Texten brüte, anschließend in ein gottverlassenes Nest mit dem Namen Klein Breese fahre, um dort eine Vorstellung innerhalb der Veranstaltungsreihe «Kultur in der Südheide» zu geben, dann bin ich frühestens gegen Mitternacht wieder in Hamburg, komme also auf zwölf Stunden verdammt harte Arbeit. Aber das zählt nicht. Was zählt, ist, ob ich am nächsten Morgen um acht Schnee schippe. Ich erweitere meine Gegenrechnung: Onkel Claus, einer meiner kritischsten Verwandten («Was machst du eigentlich tagsüber?»), steht, obwohl er Rentner ist, jeden Tag um sieben auf, schneidet bis elf Zeitungsartikel aus, um sich sofort nach dem Mittagessen für zwei Stunden hinzulegen. Am Nachmittag heftet er dann die Artikel nach Themen geordnet in Leitzordner und schläft am Abend kurz nach der Tagesschau bei der ersten Wette von «Wetten, dass ..?» in seinem Sessel ein: macht summa summarum schlappe sechs Stunden Arbeit. Vor diesem Hintergrund brauche ich mich wirklich nicht zu schämen, aber ich sehe schon an der Art, mit der ich mich verteidige, ich bin auch an diesem Punkt deutscher, als mir lieb ist. Echte Bohemiens pennen bis mittags, ohne sich Gedanken zu machen, denn sie haben nicht, was ich habe: ein schlechtes Gewissen. Im Grunde weiß ich, dass man den Tag mit dem ersten Hahnenschrei begrüßt und alles andere nichts weiter ist als Faulenzen.

Tatsächlich gehört das frühe Aufstehen zum kulturellen Kern unserer Heimat, auch wenn alle behaupten, sie könnten gut darauf verzichten. In kaum einem anderen Land werden Kinder so früh in die Schule gezwungen wie bei uns. Früh übt sich, wer ein Meister werden will, dieses Sprichwort scheint sich auch auf die Tageszeit zu beziehen. In Frankreich und vielen anderen europäischen Ländern müssen die Kinder erst um neun in die Schule, in einigen Gemeinden Irlands sogar erst um halb zehn. Studien belegen immer wieder, was eigentlich sonnenklar ist:

Wer nach dem frühen Aufstehen todmüde ist, bekommt nichts gebacken. Aber wie war das noch mit dem Festbeißen? So haben wir es immer gemacht, und so bleibt es! Und der frühe Beginn der ersten Stunde konnte für deutsche Pädagogen noch nicht das Ende des Drills sein, und so erfanden sie die nullte Stunde. Noch nie gehört? Ich gehörte zu ihren ersten Opfern. Nicht mal der Mathematiklehrer protestierte gegen ihre Einführung, denn rein mathematisch kann eine nullte Stunde nur eines sein, nämlich nicht existent. Aber bei uns wurde ab sieben Uhr Völkerball gespielt, eine spielerische Fassung des Zweiten Weltkriegs, damit die Kinder schon um acht völlig fertig waren und in den Nachfolgestunden brav auf ihren Stühlen sitzen blieben.

In der Realschule wurde ich vor die Wahl gestellt, ob ich Französisch oder Kochen lernen wollte. Damit die Arbeiterkinder, zu denen ich gehörte, nicht aus Versehen zu viel lernten und den Bildungsaufstieg schafften, wurde der Sprachkurs an drei nullten Stunden pro Woche angeboten; Kochen hingegen in einem Block am Mittag, inklusive Aufessen des zubereiteten Menüs. Ich habe keine Sekunde überlegt. Nachdem ich den jahrelangen Schulanfang zu früher Stunde überstanden hatte, traf mich der Schlag, als es hieß, der Zivildienst im Krankenhaus beginne um sechs. «Je eher daran, desto eher davon», lachte die Oberschwester ein zackiges Lachen. Sämtliche Patienten, und waren sie noch so frisch operiert, wurden wenige Minuten später in den Tag befördert, ausgeschüttelt und gelüftet. Zuvor hatte die Nachtschwester jene Patienten gewaschen, die nicht in der Lage waren, dies selbst zu tun. Geriet ihre Liste dieser Gruppe etwas länger, musste sie sich schon gegen vier Uhr in der Nacht an die Betten schleichen und den im Tiefschlaf völlig überrumpelten Opfern einen kalten Waschlappen ins Gesicht klatschen. Das ist Deutschland. Früher Vogel fängt den Wurm, soso, das dachte sich wohl auch die Wehrmacht, als sie Polen um 5.45 Uhr in der Früh überfiel. Hat sich doch bewährt, das frühe Aufstehen.

Deutsche Senioren sind die hartnäckigste Frühschicht – bis heute. Von Aufenthalten beim Militär und im Krankenhaus gestählt, machen sie alles früher als andere. Sie harken Laub, bevor es vom Baum gefallen ist, treffen auf dem Parkplatz des Supermarktes im Frühnebel zusammen mit den Kassiererinnen ein und stehen selbst im Urlaub auf Kreuzfahrtschiffen vor geschlossenen Restauranttüren und warten auf ihre Öffnung. Nur an einer grün werdenden Ampel kommen sie nicht mehr rechtzeitig los. So hatten mir auch die Aktiv-Opas und Aktiv-Omis bei meiner Harzexpedition im Gipfelrestaurant gestanden, sie würden jeden Tag Frühsport treiben und mindestens eine Stunde spazieren gehen. Damit machten sie mich auf eine ganz andere, wichtige Einrichtung meiner Heimat aufmerksam, die ich fast vergessen hatte. Beim Wort «Spazieren» lief in meinem Kopf ein Film an, eine alte Schmalfilmrolle mit Dokumenten des Schreckens. Je mehr ich darüber nachdachte, desto klarer wurde mir, wie sehr Spazierengehen zum kulturellen Kern der Deutschen gehört. Ich war in die Schatzkammer, zum Ausgangspunkt all dessen gelangt, was man deutsch nennt.

↗

Wir sind doch nicht aus Zucker

«Heimat wird umso schöner,
je weiter sie weg ist.»

PETER SANDMEYER

Das zwanghafte Spazierengehen gehört definitiv zur deutschen Heimat. Früher habe ich versucht, mich dagegen zu wehren – zwecklos. Wenn meine Mutter nach dem Mittagessen ausrief: «So, wie sieht's aus, wollen wir eine kleine Runde drehen?», half kein noch so rebellischer Widerstand.

«Nein, ich möchte keine Runde drehen, draußen ist es kalt.»

«Na komm, das würde dir auch guttun, etwas frische Luft schnappen.»

«Es regnet, ich habe keine Lust.»

«Ach, so ein bisschen Regen, du bist doch nicht aus Zucker. Außerdem gibt es kein schlechtes Wetter, es gibt nur …»

«Lass mich in Ruhe!»

«Zum Kaffee um vier sind wir wieder rechtzeitig hier.»

«Aber ich bin doch schon hier. Und was heißt rechtzeitig? Glaubst du, wenn wir um vier nicht hier sind, bricht jemand in die Wohnung ein und trinkt unseren Kaffee aus?»

Aber mit Logik kam ich nicht weiter. Stets habe ich nachgegeben und wurde missgelaunt auf die Straße gezogen, um mal wieder die mir ach so vertraute öde Route abzulatschen. Die Straße bis zum Ende, dann links am Sportplatz vorbei, einen Fußweg zur Grundschule entlang, an deren Haupteingang meine Mutter immer fragte: «Weißt du noch, wie du eingeschult wurdest? Wann war das, 1976? Ich erinnere mich noch genau, wie deine Schultüte aussah, rot mit gelben Sonnen drauf, und groß war die! Und wie aufgeregt du warst, hast den ganzen Weg von zu Hause meine Hand genommen.» Meist konnte ich diese Ausführungen aber nicht hören, hatte ich mir doch angewöhnt, mir einen Walkman mit Untergangsmusik der achtziger Jahre überzustülpen. Aber ich wusste sowieso, welcher Satz an welcher Ecke gesagt wurde. Auch mein Vater variierte seine Kommentare so wenig wie die Route. Vor den vollgestopften Altpapiercontainern sagte er immer: «Die müssten viel öfter geleert werden, unmöglich, wie das ganze Zeug da rumfliegt», und vor der Videothek, in der sich früher ein kleiner Supermarkt befunden hatte, kam immer der Satz: «Schade, dass die Schwertmanns dichtgemacht haben. Videos!?» Die Betonung bei Videos war gleichermaßen entrüstet wie enttäuscht; wer brauchte schon Videos? Jeden Sonntag schritten meine Eltern diesen Weg ab, und sie machen es noch heute, mal mit Gästen, oft alleine. Denn frische Luft tut gut, ganz gleich, ob sie sich mit Regen, Graupelschauer oder Schnee mischt.

Das Deutsche der Spazierkultur wird besonders deutlich, wenn man sie mit den Gewohnheiten in anderen Ländern vergleicht. Schon in Frankreich macht man statt eines Spaziergangs *une promenade*, es hat also etwas mit einer Promenade zu tun, auf der es sich in aller Ruhe promenieren lässt. Man hat Zeit, verweilt. Auch Italiener und Spanier treffen sich draußen, aber oft schlendert man nur ein bisschen auf und ab. Hängt vor und in Restaurants und Cafés ab, Ältere spielen Boule, es ist alles gemächlicher, mehr ein Flanieren als ein Spazieren. In Portugal kommt es sogar hin und wieder vor, dass jemand auf zentralen Plätzen ein Bandoneon auspackt, heute manchmal auch ein Keyboard, und, wer vorbeikommt und Lust hat, eine Runde tanzt. Amerikaner cruisen cool im Jeep Grand Cherokee durch die Nachbarschaft und holen einen Nachtisch von Dany's. Eine Gruppe Deutscher, die in den USA an einer der vielen Straßen ohne Gehweg entlangspazierte, würde sofort aufgegriffen. Man hielte sie für illegale Mexikaner ohne Papiere. Nur sie sind zu Fuß unterwegs, weil sie sich kein Auto leisten können. Bei uns dagegen hat jede Familie eine traditionelle Spazierroute, die regelmäßig abgeschritten wird. Und das hat mit Flanieren und Promenieren nichts zu tun, geht das Ganze doch schneller und entschlossener vor sich, kommt in ihm jene deutsche Verbissenheit zum Tragen, die wir gerade thematisiert haben. Nachbarn, sofern sichtbar, werden allenfalls kurz gegrüßt, es gibt bei solchen Begegnungen kein langes Palaver, wie es Italiener so lieben. Ein Gruß kann bei uns auch nur ein anerkennendes Kopfnicken sein. So, so, der Müller harkt Laub, schlägt Holz oder schippt Schnee, fleißig, fleißig, na, denn mal weiter so! Ein Spaziergang beginnt stets bei der Haustür und endet dort, führt durch die an Sonntagen oft leblose Nachbarschaft, auf dem Land über monotone Feldwege, zwischen mal grünen, mal braunen Äckern entlang, unter Hochspannungsmasten hindurch und in die rauschende Nähe von Autobahnen. Warum tun wir uns das an? Ich glaube ja, es handelt sich beim Spazierengehen nicht nur um das Markieren eines Reviers, das man zu kennen glaubt und in dem schon kleinste Neuerungen registriert werden: Guck mal, der Carport bei Hoffmanns, ob die wohl eine Baugenehmigung haben? Und der Opel in der Sackgasse steht ja schon ewig da, wo wohl sein Besitzer ist? Vielleicht ist der Wagen ja das Fluchtfahrzeug gewesen, das am Abend zuvor in der Sendung *Aktenzeichen XY* gesucht wurde, am besten, man merkt sich schon mal Farbe und Typ.

Ich bin überzeugt, dass es sich beim Spazierengehen darüber hinaus um eine zwar getarnte, aber dennoch militärische Übung handelt. Seit 65 Jahren spielt das Land seine friedliche Rolle auf der Welt. Eine ernstzunehmende Berufsarmee gibt es nicht; die Länge des Wehrdienstes ist über die Jahrzehnte immer weiter auf heute gerade mal sechs Monate zusammengeschnurrt. Ein großer Teil der jungen Männer wird gar nicht mehr eingezogen, da die Bundeswehr nicht weiß, was sie mit ihnen machen soll. Der noch größere Teil verweigert den Dienst an der Waffe aus Gewissensgründen und zieht den Zivildienst vor, einige wenige gehören zu den Totalverweigerern, die sich für nichts einspannen lassen wollen und dies zu ihrer Mission gegen alle Widerstände gemacht haben. Hier steh ich nun und kann mal wieder nicht anders. Mein Gott, ist dieses Land friedensbewegt! Bald wird auch der verbliebene Wehrdienst noch abgeschafft werden, wie von mehreren Parteien gefordert. Schon jetzt bleibt den Deutschen nur der Spaziergang als letzte ernstzunehmende Reserveübung. Gerade die Hartnäckigkeit, mit der muffelige Teenager, in viel zu viele Pullover gestopfte Kleinkinder und selbst Greise genötigt werden mitzumachen, zeigt doch das wahre Motiv dieser Übung. Alles, was noch gehen kann, muss raus. Man will sehen, was beim Volkssturm noch zusammenkäme. Wenn ich mir angucke, mit welcher Militanz junge deutsche Mütter bei ihren Spaziergängen in der Stadt Passanten aus dem Weg stoßen oder ihnen zumindest das sichere Gefühl geben, genau dies im nächsten Moment tun zu wollen, sollten diese nicht aus dem Weg in Hauseingänge oder auf die Straße springen, denke ich: Früher mehr von ihnen, und wir hätten den Zweiten Weltkrieg gewonnen.

Auch meine Familie konnte nichts aufhalten, kein Regen, kein Schnee, kein Frost. Und bei Tausenden anderer deutscher Familien ist es ebenso, jeden Sonntagnachmittag. Gruppen von Gestalten, die immer weiter ausschreiten, sich gegen den Wind lehnen, die Augen zukneifen und die Kapuzen festhalten. Kinder in Bollerwagen oder Karren mit erstarrtem Gesicht, mancher Rentner, der sich mit dem Rollator im Schlamm festfährt, Bilder, die man als Historiker eher aus Ostpreußen kennt, kurz bevor die Russen kamen. Nehmen wir mal an, die jüngste deutsche Geschichte wäre nicht so günstig verlaufen wie geschehen, aus dem Kalten Krieg wäre ein heißer geworden, zwischen Flensburg und München durch die Atomraketen von Amerikanern und Russen eine Nuklearhölle entstanden. Die Familie und ich im Atombunker kauernd, sagen wir 1985. Meine Mutter hätte mit absoluter Sicherheit am Sonntagnachmittag gesagt: «Na, wie sieht's aus?» – «Mutter, draußen brennt die Erde, der radioaktive Fallout, wir können nicht raus!» – «Ach was, du bist doch nicht aus Zucker!» Sie hätte eigenhändig die Klappe des Atombunkers geöffnet und mit uns eine Runde gedreht, ich höre sie und meinen Vater die Sätze sagen wie: «Hier war der Sportplatz, wie sehen nur die Müllcontainer aus, alles liegt rum!» – «Na, endlich ist dieser Videoladen weg!»

Wenn man selbst gerne spazieren geht, ist dies ein sicheres Indiz für in einem tickende deutsche Gene. Und wenn man das eigene, tägliche Rausgehen mit einem Hund begründet, der schließlich drei- bis viermal am Tag vor die Tür müsse, weil er eben muss, so ist dies ein schlechtes Argument. In Südeuropa gibt es viele Hunde, und niemand würde auch nur einen Meter mit ihnen spazieren gehen, sie sind einfach da, auf dem Hof oder streunen allein umher. Aber es ist völlig okay, die Deutschen haben schon Schlimmeres gemacht, als spazieren zu gehen, es sei denn, man wertet die beiden letzten Kriege als besonders monströse Spazierwut – ein in der Geschichtswissenschaft bisher völlig vernachlässigter Ansatz. Hatte man nicht den jungen Leuten, die sich 1914 begeistert zum Fronteinsatz meldeten, einen Spaziergang in Paris versprochen? Mit der Aussicht auf vier Jahre absoluter Bewegungslosigkeit in schlechtesten Unterkünften in Verdun wäre die Mobilisierung der Massen junger Menschen sicher nicht möglich gewesen.

Ich will niemandem die vertrauten Spaziergänge ausreden – aber ist es nicht interessant, sich dabei zu vergegenwärtigen, wie ausgesprochen deutsch es ist, was man da gerade tut? Vor allem, wenn man andere nötigt, mitzukommen. Spazieren zu gehen gehört zum Kern unserer Kultur, so wie Moslems gen Mekka beten, Spanier Flamenco tanzen und Österreicher Verwandte gefangen halten.

Noch näher kommt man «dem Deutschen», blickt man auf das Gefühl, das viele bei ihren Spaziergängen wie durchs ganze Leben begleitet. Ein besonders deutscher Gemütszustand, der einen durchflutet, wenn man, die Hände auf dem Rücken verschränkt, ganz in Gedanken durch Wald und Wiesen stapft. Denn wir sind, wir können angesichts all der Dinge, die da draußen passieren, gar nicht anders sein als: besorgt.

↗

Weltschmerz

«Ach, wie isses
nun bloß möglich?»

MUTTER VON WALTER KEMPOWSKI

Mit dem in meinen Augen sehr deutschen Gefühl des Besorgtseins meine ich nicht jene natürliche Besorgnis, die persönliche Belange betrifft, also ob das Kind sicher von der Schule nach Hause findet oder man den neuen Job bekommt. Sondern eine universelle Besorgnis, verursacht durch die Überzeugung, dass wir so nicht weitermachen können und unsere Gesellschaft, die Zivilisation, ja die ganze Menschheit auf eine Katastrophe zusteuert. Früher nannte man Leute mit einer solchen Ansicht Apokalyptiker, heute könnte man sie auch Deutsche nennen, denn beinahe jeder in diesem Land trägt ein Weltuntergangsszenario im Kopf mit sich rum. Völlig unerheblich ist dabei, welche Apokalypse man sich für sein persönliches Unwohlsein ausgesucht hat. So ist es möglich, in derselben Familie depressive Teenager zu finden, die sich machtlos in einer Welt voller Erwachsener fühlen, denen es gleichgültig zu sein scheint, dass Kriege geführt, Wale und Robben abgeschlachtet und der Regenwald zerstört wird. Wozu also lernen, wenn eh alles egal ist? Die Eltern dieser Jugendlichen sehen lieber fern, als die Welt zu retten. Dabei machen sie sich genauso Sorgen wie ihre Kinder –

lediglich um andere Dinge. Für sie ist die Scheinwelt des Internets Auslöser alles Bösen, ist die Gesellschaft dem Untergang geweiht, weil eine ganze Generation sich für nichts weiter interessiert als dafür, irgendjemand auf dem Bildschirm abzuknallen. Früher war man draußen, im Winter Schlittschuh laufen, im Sommer im Wald, den ganzen Tag. Heute muss man die eigene Brut mit Gewalt zwingen, einen Spaziergang zu machen. Das sollen die Deutschen sein, die einmal unsere Rente verdienen? Na, gute Nacht!

Nicht nur das Alter, auch die gesellschaftliche Stellung bestimmt, was man als Ursache des dräuenden Weltuntergangs sieht. Viele sind besorgt, weil sich die Schere zwischen Reich und Arm immer weiter öffnet. Was ist das für ein Land, das nicht mehr auf Ausgleich, sondern auf Raubtierkapitalismus setzt? Sicher eines, das auf den Abgrund zurast, die letzten Ressourcen des Planeten verfeuert, den sozialen Frieden aufkündigt. Gerade der Kapitalismus, da ist man sich in dieser Gruppe der Besorgten schon seit Ewigkeiten sicher, steht vor seinem unmittelbaren Ende.

Doch auch die angeprangerten Manager und Unternehmer sind besorgt angesichts der Unmöglichkeit, qualifiziertes Personal zu finden, ganz zu schweigen von Azubis, die in der Lage sind, ihren Namen zu buchstabieren. Wie soll man mit diesen Rahmenbedingungen überhaupt einen Mehrwert schaffen? Mit explodierenden Sozialabgaben, hohen Steuern und einer Vorschriftenwut, die jedes unternehmerische Vorhaben im Keim erstickt?

Diese sogenannten Leistungsträger sind ebenfalls der Meinung, Deutschland stehe am Abgrund. Nicht wegen zu viel Reichtum oder Bonuszahlungen, sondern weil sie befürchten, China, Brasilien und andere Schwellenländer seien auf dem

Sprung, uns in Sachen Technologie und Innovation zu überholen.

Diese Liste ließe sich beliebig verlängern. Um Rentner, die um ihre Rente bangen, weil es zu wenig Jüngere gibt, die einzahlen. Um Jüngere, die um ihre Rente bangen, da es schon jetzt zu viele Alte gibt, die die Milliarden der Rentenkasse auf Kreuzfahrten beim Bingo verpulvern. Gemeinsam ist all diesen Gruppierungen nur eines, nämlich, dass sie besorgt sind. Das vereint sie als Deutsche, denn in anderen Ländern ist diese Dauerbesorgnis weitgehend unbekannt. Und der chronische Charakter dieser Besorgnis wächst sich schnell zu einem anderen deutschen Gefühl aus: der Angst.

Niemand weiß, woran es liegt, aber die Deutschen haben immer vor irgendetwas Angst, meistens vor der Zukunft. Von ihr gibt es bekanntlich im Überfluss und das Schlimmste: Sie kommt direkt auf uns zu! Deshalb ist die Furcht so groß und des Deutschen liebstes Hobby das Jammern. Amerikaner, Japaner, eigentlich alle Touristen in Deutschland sind ob all dieses Pessimismus irritiert. Sie erleben zwischen Nordsee und Alpen ein höchst friedliches, sicheres Land, voller kultureller Errungenschaften und fleißiger Menschen. Der Deutsche indes wähnt sich immer dicht am Abgrund, er traut dem Frieden und Wohlstand nicht und jammert und jammert. Heute haben alle Bürger eine Krankenversicherung, doch wann wird das Gesundheitssystem zusammenbrechen? Noch haben die meisten Menschen Arbeit, aber sind die Arbeitsplätze sicher? Deutschland ist schließlich nur noch Export*vize*weltmeister.

Das Denken in Worst-Case-Szenarien – also immer das Schlimmste annehmend – findet man selbst in kleinsten Details. Der Winter in Deutschland ist lang, ungemütlich und damit schlecht fürs Gemüt. Das wollen wir niemandem vorwerfen.

Tage, die erst um halb zehn mit einem schmutzigen Licht aus grauen Wolken beginnen, sind deprimierend. Und wenn der liebe Gott schon am frühen Nachmittag den Dimmer wieder runterregelt und das Hellgrau dem Dunkelgrau der Dämmerung weicht, ist dies noch deprimierender. Dazwischen versuchen die Norddeutschen im Nieselregen, die Süddeutschen im Schneeregen und die in der Mitte in Graupelschauern möglichst trocken Autos und U-Bahn-Schächte zu erreichen. Das Klima ist entscheidend für den Wohlfühlfaktor, auch Skandinavier und Grönländer sind nicht so ausgelassen wie Südamerikaner oder Afrikaner. Letztere lassen sich oft nicht mal von desaströsen wirtschaftlichen Verhältnissen den Spaß am Leben vergällen. Kommen aber schließlich auch in Deutschland die ersten warmen Frühlingstage, taucht gleichzeitig mit ihnen ein Phänomen auf, das mich jedes Mal stutzig macht. Wenn das Thermometer erstmalig auf 17 Grad Celsius klettert, die Deutschen vorsichtig damit beginnen, Grills aufzubauen, warnen die Radiostationen noch am selben Tag vor Hautkrebs. Der Aufenthalt in der Sonne sei gefährlich, plärren die Lautsprecher, und es scheint, als wäre es unmöglich, den Deutschen drei Tage Unbeschwertheit zu gönnen, ohne sie mit einer neuen Angst zu beglücken. Gerade die Medien versetzen gerne alle in Panik. In der wichtigsten TV-Talkshow am Sonntagabend sprechen prominente Politiker über die Lage der Nation. Für manche neue Folge müssen die ersten vier Worte des Titels nicht mal ausgetauscht werden. Sie lauten jeweils: «Die neue Angst vor ...», und dann wird nur noch die Angst der Woche eingefügt, mal die vor Arbeitslosigkeit, mal die vor Kriminalität oder Inflation. Experten kritisieren schon lange die Jammerkultur, dabei jammern sie – ohne es zu merken – selbst darüber, dass zu viel gejammert wird. Es scheint, als gäbe es keinen Ausweg aus dem Tal der Tränen. Wenn man also

Deutsche verstehen will, zum Beispiel, weil man als Französin, Spanierin oder Russe mit einem zusammenlebt, ist es gut, von dieser grundsätzlichen Angstkultur zu wissen. Ein Leben ohne Besorgnis und Angst können wir Deutsche uns gar nicht vorstellen, wollen es gar nicht, denn wir genießen dieses Gefühl, können ohne es nicht leben. Es gehört zu unserer kulturellen Heimat: Hier ist man eben besorgt und zerbricht sich den Kopf darüber, wie es weitergehen soll mit unserem Planeten. Zwar würden alle Deutschen bestreiten, dass sie absichtlich und auf Dauer schwermütig sind – eigentlich sei man eine Frohnatur –, aber das typisch deutsche Grämen ist wie eine Sucht, und so wie alle Süchte wird ihre Existenz natürlich vom Süchtigen abgestritten. Umso mehr offenbart sie sich in der Ferne. Wer länger unter Briten oder Amerikanern lebt, kommt völlig auf Entzug. Besagte sprechen am liebsten über Sport, lustige Begebenheiten und übers Essen; übers Angeln und Skifahren, zur Not übers Wetter und dann wieder über Sport. Nicht jedoch über den doch unbestreitbar bevorstehenden Weltuntergang. Früher oder später kann es für Deutsche deshalb nur ein Urteil geben: Diese Leute sind oberflächlich. Dabei helfen nach Katastrophen wie dem Erdbeben in Haiti auch Amerikaner mit Spenden, auch dort gibt es Hilfsorganisationen, die Ärztinnen und Hundeführer schicken. Amerikaner und Briten machen aber das Leid in und das Leiden an dieser Welt nicht zum Soundtrack ihres Lebens. Wir schon. Ich habe mal eine Liste der mir bekannten deutschen Ängste zusammengestellt. Alleine sie reichen schon für ein Leben:

Die Hitparade der beliebtesten deutschen Ängste

(demnächst als Chartshow im Fernsehen?)

Angstperiode	*Szenario*
1944 bis 1945	Die große Angst vor den Russen – kommt der Iwan bis zum Rhein?
1945 bis 1990	Die Angst vor den Russen reloaded – kommt der Iwan doch noch bis zum Rhein?
1965 bis 1988	Die Angst vor dem Atomkrieg – ist er unausweichlich?
1979 bis 1986	Die Angst vor saurem Regen – stirbt unserer Wald?
1986	Die Angst nach Tschernobyl – wie verstrahlt ist die Umwelt?
seit 1974	Die Angst vor Arbeitslosigkeit – sind unsere Jobs noch sicher?
1992 bis 2002	Die Angst vor dem Ozonloch – wie gefährlich sind die Strahlen aus dem All?
2007	Die Angst vor hohen Sprit- und Energiepreisen – wer kann sich das noch leisten?
2008	Die Angst vor der Klimaerwärmung – wann kommt die Klimakatastrophe?
2009	Die Angst vor der Finanzkrise – ist unser Geld noch sicher?
2009	Die Angst vor der Rezession – wie stark schrumpft die Wirtschaft?
2009	Die Angst vor der Schweinegrippe – kommt der Killervirus?
2010	Die weiße Angst – Schneechaos durch «Tief Daisy»
2010	Die Angst vor der Inflation – ist unser Geld bald nichts mehr wert?

Wer jetzt beim Lesen gestutzt hat – ja, selbst der Wintereinbruch namens Daisy wurde in einer Zeitung mit der Überschrift «Die weiße Angst» gewürdigt. Es scheint, darunter machen wir es nicht. Über Generationen weitergegeben, kann man so schnell nichts gegen diese Angstkultur machen. Wer sich wehrt und einfach so mit dem Cabrio durch die Stadt fährt, die letzte Jan-Delay-CD aufdreht und den Fahrtwind genießt, erntet an der Ampel Kopfschütteln: Was für ein Egoist, ihm oder ihr scheint das Schicksal der Welt wohl völlig egal zu sein. Dabei kann die Cabriofahrerin durchaus vier Pflegekinder betreuen und ihr Beifahrer Koch auf der *Cap Anamur* sein und Boat-People aus dem Mittelmeer retten. Aber wie soll man es ihnen ansehen, wenn sie sich weigern, permanent Trübsal angesichts des Weltschicksals zu blasen? Und überhaupt, Cabriofahren ist Selbstmord. In Deutschland nimmt niemand ein Sonnenbad ohne das sichere Wissen, deswegen an Hautkrebs zu sterben. Keine Autofahrt ohne die Gewissheit, damit die Klimaerwärmung entscheidend anzuheizen; kein Verzehren eines Cheeseburgers, ohne sich nicht dabei persönlich für die Abholzung einer fußballplatzgroßen Fläche Regenwalds verantwortlich zu fühlen.

Bei den letzten beiden Beispielen kommt neben Besorgnis und Angst noch ein Gefühl dazu, das bei den Deutschen ebenfalls ausgeprägter ist als bei allen anderen Nationen. Das Schuldgefühl. Wieso? Nach dem Zweiten Weltkrieg versuchte eine Generation von Tätern und deren Verwandten zunächst lange so zu tun, als wäre nichts gewesen. Sie gingen brav zur Arbeit, wählten Adenauer, schauten Heinz Erhardt im Fernsehen zu, und wenn Hans Rosenthal sang und moderierte, dachten sie: «Guck mal, der hat überlebt.» An ihrem ersten Fernseher drehten sie ab und an den Ton lauter, wenn sich in ihrem Kopf hartnäckige Bilder aufbauten, in denen sie selbst Nachbarländer zerbombten und deren Einwohner massakrierten. Es war im Grunde ein ignoranter Umgang mit der eigenen Geschichte, den viele Österreicher bis heute betreiben oder auch die Türken, wenn es um ihr dunkles Kapitel Armenien geht. In beiden Fällen heißt es: War was?

In Deutschland leugnete, vertuschte und überging man die eigene Schuld so lange, bis die politisierten Studenten über zwanzig Jahre nach Ende dieses Krieges hartnäckig anfingen nachzufragen, wo die Älteren denn «damals» gewesen waren, was sie getan hatten, wie denn ihre Verantwortung aussah. Erst zu diesem Zeitpunkt kamen erste gestammelte Rechtfertigungen. Wir wussten doch nichts, was hätte man denn tun sollen? Lange ließ das deutsche Selbstverständnis vermuten, Hitler sei mit dem Raumschiff in Berlin gelandet und habe die nichtsahnenden Deutschen für seine fiesen Pläne eingespannt. Es dauerte lange, bis sich die Erkenntnis durchsetzte, dass auch Mitläufer Täter waren, dass auch Wegschauen angesichts von Verbrechen bedeutet, Schuld auf sich zu laden. Endlich begann eine Aufarbeitung der deutschen Schuld. Und diese wurde mit den Jahren immer umfassender. Heute besteht das ZDF-Programm aus gefühlten fünfzig Prozent NS-Dokumentationen, den Rest der Zeit sendet es Rosamunde Pilcher, damit die Zuschauer kurz durchatmen können. Dann geht es weiter mit Hitlers Sekretärin, Hitlers Butler, Hitlers willige Ärzte, Hitlers Journalisten und alleinerziehende Mütter. Keine dieser gesellschaftlichen Gruppen versäumte es zudem, Bußschriften in Form von Bestsellern zu veröffentlichen. Seit ich erfuhr, dass die Nachbarin meiner Oma an der Straße gestanden hat, als der Diktator mit seiner Limousine an den Massen vorbeifuhr, ihm sogar einen Brief geschrieben haben soll und meine Oma deswegen keine Konsequenzen gezogen hat und die Freundschaft beendete, geschweige denn diese Tatsache in meiner Familie aufgearbeitet worden ist, plane auch ich ein Buch, in dem die Schuld und Verstrickung in den Faschismus einer bisher völlig unerforschten Gruppe in den Mittelpunkt gestellt wird. Der Arbeitstitel:

Mein Vater seine Mutter ihre Nachbarin war:
Hitlers entfernte Bekannte

Eines ist völlig klar: Die Auseinandersetzung mit dem Nationalsozialismus ist bis heute notwendig, einen Schlussstrich darf es nie geben, im Gegenteil sollte das Erinnern und Gedenken und weiteres Aufklären der deutschen Schuld sogar ein Teil unserer neuen nationalen Identität, unseres Heimatgefühls sein. Aber in Verbindung mit der uns innewohnenden Gründlichkeit führte die Aufarbeitung dieser Zeit bis heute dazu, dass wir mal wieder weit über das Ziel hinausgeschossen sind, so weit, dass sogar die Siegermächte sinngemäß sagten: «Hey, übertreibt mal nicht, wir wollten keine paralysierten Deutschen, die permanent den Kopf in den Sand stecken und weinen. Warum immer so extrem? Entweder ihr seid selbstbewusst, aggressiv und gefährlich, oder ihr versinkt in Selbstmitleid und Depressionen. Seid doch zur Abwechslung einfach mal normal, ihr Schwachköpfe!»

Andererseits ist es nicht verwunderlich, dass sich die Abgründe unserer Geschichte in vielen Köpfen zu einem universellen Schuldgefühl gemausert haben. Das Wissen um die eigene Verantwortung führt in seiner extremen Ausprägung dazu, dass wir uns schuldig fühlen, egal, was wir machen. Wenn ich Auto fahre und damit CO_2 emittiere, denke ich sofort an die Küste von Bangladesch, spüre einen direkten Wirkungszusammenhang zwischen meinem Gaspedal und dem dort ansteigenden

Meeresspiegel. Mit jedem Niederdrücken des Pedals aktiviere ich in meinen Gedanken einen Tsunami, der über die Dörfer indonesischer Inseln rollt, weil ich ihn steuere. Doch bleibe ich daheim, mache mich an den Abwasch und lasse hierfür Wasser in meine Spüle laufen, denke ich, dies ist genau das Wasser, das Kindern im Gaza-Streifen gerade zum Trinken fehlt. Dabei ist das totaler Quatsch. Auf einem Weltwasserforum forderten Experten ein Menschenrecht auf Zugang zu Trinkwasser. Das ist eine gute Idee, denn in vielen Teilen der Welt scheren sich die Regierungen nicht um dieses Menschenrecht. Woanders gibt es Wasser im Überfluss, so wäre es für Irland kein Problem, die Trinkwasser-Konvention zu unterschreiben. Die Iren hätten sich in den vergangenen Jahrhunderten eher über ein Grundrecht auf trockene Häuser und Kleidung gefreut. Wasser ist ein kostbares Gut, aber weder in Irland noch in Norddeutschland. Durch die anhaltende Diskussion über die Verknappung des Wassers auf unserem Planeten sparen die Menschen hierzulande derart pflichtbewusst Wasser, dass auf die Wasserwerke ein großes Problem zukommt. Früher, zum Beispiel in den 1970er Jahren, als noch nicht in jeder Wohnung Wasseruhren montiert waren, plätscherte es munter durch die Rohre. Auch das Autowaschen auf der Straße war noch nicht verboten, am Sonntag schrubbten die Männer ihren Ford Taunus und spülten den Schaum mit dem Gartenschlauch ab. Das Wasser gelangte durch die Siele in die Kanalisation. In ihren Kanälen ist es in den letzten Jahren immer ruhiger geworden, immer weniger rauscht hindurch, schließlich sparen alle das kostbare Nass. Damit hat sich die Durchlaufgeschwindigkeit so stark verlangsamt, dass es zu Verstopfungen kommt, die Wasserwerke immer öfter die Erde aufbaggern müssen, um die Rohre auszutauschen. Deshalb überlegt man dort schon, wie sich die Tarife ändern müssten, um die Leute zu höherem Wasserverbrauch zu animieren. Kurz: Es gibt bei uns keine ökologischen oder sozialen Gründe, mit Wasser sparsam umzugehen – höchstens finanzielle. So eng ist die Kausalität von Verbrauch bei uns und Verknappung auf anderen Kontinenten oder selbst Südeuropa nicht. Wir können also ruhig schlafen, während draußen der Sprenger den Rasen berieselt. Eine Utopie, denn natürlich klingelte bald der Nachbar und wiese darauf hin, dass man das Wasser noch anhabe, wohl vergessen, was? Gegebenenfalls gäbe es noch eine Standpauke zum Thema Wasserverschwendung. Wer verstehen will, warum wir uns in Deutschland zu Hause fühlen und woanders nicht, warum uns in fernen Ländern etwas fehlt, hat hier gleich mehrere Schlüssel dazu. Die mentale Großwetterlage der Deutschen und das ernsthafte gesellschaftliche Klima sind Teil unserer Heimat. Und es ist sehr schwer, die hier erlernte Haltung einfach abzustreifen, wenn sie uns in die Wiege gelegt wurde. Die von den Nazis vertriebene deutsche Philosophin Hannah Arendt räumte noch nach vielen Jahren, die sie in den USA verbracht hatte, ein: «In meiner Art zu denken und zu urteilen, komme ich immer noch aus Königsberg.» Das veränderte sich auch nicht, nachdem sie die amerikanische Staatsbürgerschaft erhalten hatte.

Auch wer heute ein paar Semester an einer Uni in Frankreich oder in England studiert, wer als Handwerker nach Gran Canaria oder Kanada auswandert, spürt eine permanente Unruhe. Irgendetwas fehlt, etwas, das einen wirklich durchatmen lässt – bis endlich Besucher aus Deutschland kommen und mit ihnen diese Vertrautheit. Warum fühlt sich ein Gespräch mit ihnen selbstverständlicher an als mit den Kollegen und neuen Freunden vor Ort? Es liegt nicht nur an der gemeinsamen Sprache oder an der Zeit, die man sich kennt. Sondern daran, dass auch sie ihr Leben mit der Prise Besorgnis, Angst und Schuld gewürzt haben, die die Einheimischen wie ein exzentrisches Hobby anmutet – fast so exzentrisch wie Spazierengehen.

↗

Die da oben

«Deutschlands Schicksal:
Vor dem Schalter zu stehen.
Deutschlands Ideal:
Hinter dem Schalter zu sitzen.»

KURT TUCHOLSKY

Was würden wir vermissen, wenn wir unserer Heimat den Rücken zukehrten? Buchenwälder oder Wiesen mit Pusteblumen, Küsten voller Windräder oder die auch im Sommer schneebedeckten Gipfel, doppelt verglaste Fenster, die nicht ziehen, und Kneipen, in denen man so lange rumsitzen darf, wie man möchte? Neben dieser anfassbaren Heimat, bestehend aus Landschaft oder auch vertrauter Architektur, aus haptischen Dingen ist die unsichtbare Heimat, bestehend aus einer gemeinsamen Art zu fühlen und zu denken, dieser Deutschland-Blues, mindestens ebenso wichtig. Man vermisst ihn oft noch schneller, denn mancher tauscht seinen verregneten Wohnort nur allzu gern gegen Kaliforniens Sonne oder jene, die auf die Costa Brava oder die Toskana scheint. Allein der Heimat-Blues ist dort völlig unbekannt. Zu ihm gehören viele Strophen, und eine handelt von einer Verschwörungstheorie. Denn ohne sie kommt kein Deutscher aus.

Mein Vater war der erste Verschwörungstheoretiker, an den

ich geriet. Lange hielt ich ihn für einen absoluten Ausnahmefall, einen politischen Exzentriker, an dessen hanebüchenen Thesen ich mich rieb. Inzwischen muss ich feststellen, er ist die Regel, nicht die Ausnahme. Seine Theorie war: «Die ganze Linke, die SPD, die Studenten werden vom Osten, von der Stasi finanziert und kontrolliert.» Deshalb stand das Land in seinen Augen, wie kann es anders sein, direkt vor dem Abgrund.

Noch vor einigen Jahren war ich derart links, dass ich jeden Kontoauszug in der Erwartung anschaute, darauf eine Überweisung aus Ostberlin zu finden. Aber es kam keine. Nicht nur deshalb war ich der Meinung, mein Vater liege völlig falsch, um es milde auszudrücken. Links war man natürlich aus eigenem Antrieb und weil man recht hatte. Das empfanden alle an der Uni so und lasen wie ich die kostenlose Zeitung der sogenannten Marxistischen Gruppe. Deren Erscheinen wurde zufällig kurz vor der Wiedervereinigung eingestellt. Leider nicht ganz zufällig: Sie war von der DDR finanziert worden.

Aus dieser stammte auch der Spion Günter Guillaume, der es bis ins Büro von Willy Brandt geschafft hatte – für meinen Vater schon immer ein gewichtiges Argument innerhalb seiner Verschwörungstheorie. Ein bundesdeutscher Kanzler musste wegen der erfolgreichen Unterwanderung der Stasi zurücktreten. Die gleiche Stasi hatte zwei Jahre zuvor die Kanzlerschaft Willy Brandts mit Bestechung gerettet. Es war 1972, als die CDU/CSU mit einem konstruktiven Misstrauensvotum versuchte, Brandt vom Thron zu stoßen, um diesen mit Rainer Barzel zu besetzen. Zwei Stimmen aus dem eigenen Lager fehlten der CDU/CSU schließlich an einem der spannendsten Tage der Bundesrepublik. Beide Abgeordneten waren von der Stasi für je 50 000 DM gekauft worden, da sich die DDR eine Fortsetzung von Brandts versöhnlicher Ostpolitik wünschte.

Darüber hinaus wissen wir heute dank offener Stasiakten und der Gesprächigkeit von Markus Wolf, dem langjährigen Leiter der «Hauptverwaltung Aufklärung», sprich dem Boss der Spionageabteilung, dass die DDR bei uns gesuchte RAF-Terroristen mit neuer Identität versah und im eigenen Land versteckte; neuerdings sogar, dass die Stasi auch den Gründungsmythos der Studentenrevolte 1968 zu verantworten haben könnte: die Erschießung des Studenten Benno Ohnesorg durch den Polizisten Karl-Heinz Kurras bei einer Demo in Berlin 1967. Er wurde damals freigesprochen, die linke Szene radikalisierte sich bis hin zur Gründung der RAF und einer weiteren Terrorgruppe, die sich mit dem Namen «Bewegung 2. Juni» explizit auf den Mord auf offener Straße bezog. Wie jüngst herauskam, war Kurras inoffizieller Mitarbeiter der Stasi. Ein Auftragsmord konnte ihm zwar nicht nachgewiesen werden, doch das Interesse der DDR an einer Destabilisierung der Bundesrepublik war offenkundig. Walter Ulbricht muss sich die Hände gerieben haben, als der Konkurrenzstaat von Unruhen erschüttert wurde. Ob es Zufall war oder tatsächlich ein hollywoodtauglicher Spionagekrimi, werden wir vielleicht nie erfahren. Aber mit jedem neuen Dokument aus Stasibeständen, das offengelegt wird, mit jedem neuen Geständnis von ehemaligen DDR-Oberen, das an die Öffentlichkeit kommt, muss ich mir zähneknirschend eingestehen, dass mein Vater – ausgerechnet er! – recht hatte. Was kommt noch? Unterstützte die Stasi vielleicht auch Jürgen Drews und Rudi Carrell, um mit ihrer Hilfe den kulturellen Niedergang des Kapitalismus in Deutschland herbeizuführen? Sitzen in heutigen Chart- und Castingshows alte Kader in der Jury? Wenn die Stasi einst zwei CDU/CSU-Stimmen kaufte, um Willy Brandt zu stützen, zeigt dies, nicht nur die Linke, sondern auch die Rechte wurde von der Stasi gesteuert. Lief etwa das ganze

Leben der Bundesrepublik nach dem Regieplan der Stasi ab? Ein guter Ausgangspunkt für eine neue Verschwörungstheorie.

Natürlich haben auch Linke ihre Verschwörungstheorien, jeder Deutsche hat eine, und wenn man sie nicht sofort parat hat, muss man nur einen kurzen Moment danach suchen. Wem das Wort «Konzern» hektische Zuckungen und spontane Übelkeit verursacht, ist eher links. Innerhalb der linken Szene sind Konzerne Kern der großen Verschwörung. Sie sind an allem schuld, an der Verschmutzung der Umwelt, der Entrechtung der Arbeiter – Konzerne sind böse. Alteingesessene Läden werden aus den Fußgängerzonen vertrieben, weil sich H&M, Zara und andere Ketten darin breitmachen. Wie viel ursprünglicher waren die kleinen Fachgeschäfte von früher! Aber sie haben ja keine Chancen gegen die Konzerne. Der Konsumrausch macht die Menschen blind.

Man könnte die Entwicklung zwar auch anders betrachten. Konsum als die komfortable Voraussetzung, dass Menschen Dinge kaufen können, die sie haben wollen. Ikea und die Kleiderketten als Möglichkeit, viele Menschen mit relativ gut designten und dabei günstigen Waren zu versorgen. Und wie machen diese Konzerne das? Durch industrielle Produktion. Natürlich gibt es die Seidenschneiderin aus Locarno mit ihren viel ansprechenderen Roben, den Schreiner aus Polen mit seinen herrlichen Stühlen, aber wie viele können sie herstellen? Und wer kann solche Handarbeit noch bezahlen? Im Übrigen ist das Ladensterben nicht den kleinen Boutiquen vorbehalten. Welche Geschäfte haben denn zuletzt in deutschen Fußgängerzonen schließen müssen? Karstadt und Quelle, früher Horten und Hertie, das waren Riesen. Jetzt bin ich fast über den diversen Verschwörungstheorien zugrunde liegenden Gegenstand hinweggegangen: die Industrie, schon wieder die Bösen.

Früher waren die Deutschen bekannt für ihre ausgelassenen Feste. Dabei trug man stets einen lustigen Hut.

Auch mir setzte man schon früh einen lustigen Hut auf, um vom gerade verlorenen Weltkrieg abzulenken.

Unsere Vertreibung aus Ostpreußen verkaufte mir mein Vater als Fahrradtour.

1972 wartete ich an der A7 zwei Wochen auf den ADAC. Nicht zu sehen: der von mir verursachte Stau, da die Autobahn damals nur einspurig ausgebaut war.

Auch die Raststätte Allertal war Anfang der 70er noch nicht ganz fertig.

Und dann hörte meine Oma eine Stimme: «Drücken Sie die Rautetaste.»

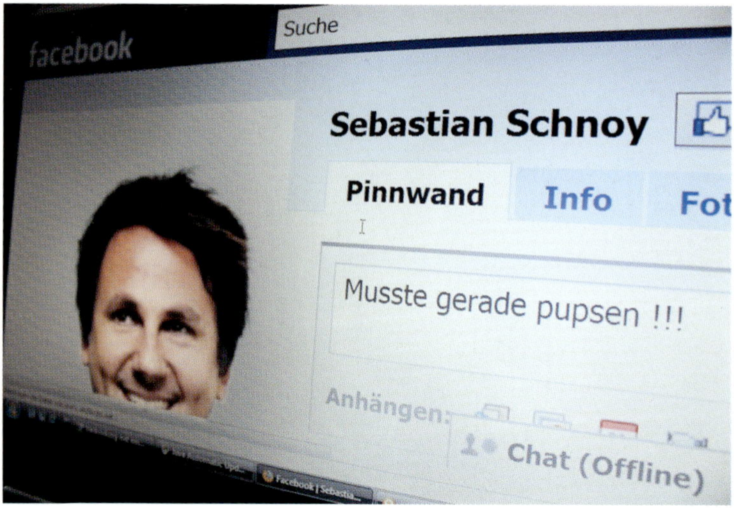

Heute sind wir mit aller Welt vernetzt und können Informationen global austauschen.

Der Deutsche reagiert selbst am Grill auf internationale Trends.

Im App 8012 in Miami wurde ich schnell als Deutscher enttarnt. Schuld war der blaue Sonnenschirm. «Very gemütlik».

Auch in dem oberen, rechten Zimmer in Manhattan haben die Bücher mich verraten.

In dieser Gaststätte in der 48. Straße versuchte ich eine Kurzgeschichte zu schreiben. Schon nach dem ersten Satz hatte ich die Rechnung auf dem Tisch.

Auf Key West schrieb ich im Sunset Motel. Diesen Lichtschalter in den restrooms hat angeblich schon Ernest Hemingway betätigt.

Als «Florida-Haus in Pinneberg» wird diese Immobilie in Hamburg angeboten. Mir wäre ein Pinneberg-Haus in Florida lieber.

Ohne «Woher» gibt es auch kein «Wohin». Woher kommen wir, wer sind wir, und was ist unsere Geschichte?

Was ist heute überhaupt noch typisch deutsch? Vielleicht das Abendbrot in unseren Krankenhäusern. Durch seine Kargheit weckt es starke Selbstheilungskräfte.

Warum nicht mal die anonyme Professionalität der Kettenhotels wie Best Western oder Maritim gegen die gepflegte Gastlichkeit einer echten Pension tauschen?

Wer seinen Gästen weder Minibar noch Wireless LAN anbietet, wird mit diesem Schlüsselanhänger als «Deutsche Herberge» zertifiziert.

Energetisches Zentrum eines deutschen Pensionszimmers ist der leere Schrank. Man kann sich so lange nicht sicher sein, dass sich niemand darin versteckt, bis man hineingeschaut hat.

Diese Fliesen in einer Pension nahe Bielefeld haben hypnotische Wirkung. Ich starrte eine Stunde auf das Muster, bis ich die Kraft fand, das Glas zum Zähneputzen umzudrehen.

Beim Check-in im ***Dahlenburger Hof*** sagte mir niemand, dass die linke Betthälfte noch mit einem Vertreter für Strickwaren aus Thüringen belegt würde.

Auf meiner Suche nach heimischem Kulturgut entdeckte ich im Café ***Zur schönen Aussicht*** im Harz diesen deutschen Cappuccino.

Spazierengehen ist der Kern deutscher Kultur. Laut Freud steht es stets für den verkappten Wunsch, ein Gebiet zu erobern und zu besetzen.

Was vereint die Deutschen heute jenseits von Klischees wie Ordnung und Sauberkeit? Hier eine schlecht nachgestellte Szene in einem an sich verwahrlosten Viertel.

Mit Vollkornbrot schätzen selbst Autonome ein Stück deutsche Volkskultur, wenn auch aus Versehen.

Alle Deutschen haben eine Verschwörungstheorie. Schuld daran, dass das Land auf den Abgrund zurast, sind für den Mann auf dem Rad «die Banker», für das Paar im weißen Ford ist es «die Gier», für den Herrn im neuen Mercedes «fehlende Wachstumsimpulse» und für den Opa im alten Mercedes «die Politiker».

Der deutsche Einzelhandelsmarkt ist der härteste der Welt. Hier, hinter dem Zaun, kaufen Männer das billige Müsli im 20-Kilo-Pack. Es heißt Rindenmulch.

Heimweh kann man in diesem Pool auf den Kanaren ein paar Wochen ertränken, dann kommt es wieder an die Oberfläche.

Dieser Mann an der Bar vom ***Dixie Grill*** in Wilmington / USA hat Heimweh nach San Francisco.

Das Nervige an Heimat ist, man hat sie immer dabei, egal wo man ist.

Der Deutschen Fluchtziel Nr. 1 bleibt Mallorca, allein, im Winter gerät es zur Kulisse für Stephen-King-Fans.

Sicher, das Meer vor Sylt hat selbst im Juli oft nur 17 Grad Celsius, umso mehr erwärmt der Blick auf sanfte Farben. Und niemand stellt die Frage: Warum gerade hier?

Es scheint für viele schwierig zu sein, Missstände und Fehlentwicklungen als Summe einer Vielzahl von Gründen zu sehen. Ein Harz-IV-Empfänger, der Kleidung beim Textildiscounter *kik* kauft, kann zugleich Opfer und Täter sein. Opfer, weil er in einer Gesellschaft lebt, die ihn nicht braucht, in der er keine Arbeit findet und kein Geld verdient. Täter, da *kik* Kinderarbeit bei der Produktion seiner Waren nicht ausschließt. Gerade die Verschränkung von Macht- und Ohnmacht-Verhältnissen, von Täter- und Opferstrukturen kommt bei uns viel zu kurz. Deutsche denken gerne schwarz-weiß, brauchen einen klaren Schuldigen. Bei der Klimaerwärmung sind es die Porsche-Cayenne-Fahrer oder ganz allgemein SUV-Fahrer, egal welcher Marke. Bei einem CO_2-Ausstoß, der rund doppelt so hoch ist wie der eines durchschnittlichen Kleinwagens, hat man doch wohl die Richtigen am Schlafittchen. In Berlin-Kreuzberg und im Hamburger Schanzenviertel werden regelmäßig Porsches und andere Luxusgefährte von Autonomen in Brand gesteckt, nach dem Motto, da hast du es, du Klimasünder. Dabei ist ein brennender Porsche noch schlechter fürs Klima.

Bei der Finanzkrise hingegen war sich das Land schnell einig, die «Gier» als Schuldigen gefunden zu haben. Da Gier keine Person und damit schwer angreifbar ist, tritt sie in deutschen Köpfen in Gestalt eines gierigen Bankers auf, der die Spareinlagen von braven Bürgern am Finanzmarkt verjubelt und vermutlich auch Porsche fährt – erwischt! Doppelt schuldig! Dabei sind in gewisser Weise auch die Anleger von wenigen hundert Euro gierig, Alleinerziehende, Studentinnen, Rentner. Auch sie schickten ihr Geld bereitwillig zur gestrauchelten *Kaupthing Bank* nach Island, weil es dort ein halbes Prozent mehr Zinsen gab als bei anderen Instituten. Korrekterweise muss man sagen, es wurde dort nur ein halbes Prozent mehr als anderswo *versprochen*, denn die Einlagen waren von einem Tag auf den anderen futsch. Die Rendite lag bei minus einhundert Prozent.

Eigentlich ist es eine Binsenweisheit, dass man Toprenditen nur mit einem höheren Risiko bekommen kann. Trotzdem wird in Feuilletons und Radiodiskussionen weiter besorgt darüber geredet, wie die Gier begrenzt werden könnte. Die Idee, Gier im Börsenhandel einzuschränken, gleicht dem Versuch, in einem Wettbüro das Wetten zu verbieten. Die Benennung einer Gruppe von Schuldigen ist natürlich wunderbar einfach und nicht nur Voraussetzung für jede zünftige Empörung, sondern natürlich auch für Verschwörungstheorien.

Wer sich fragt, warum gerade die Deutschen vehemente Anhänger der großen Verschwörung sind, findet die Antwort wieder einmal im dunkelsten Kapitel deutscher Geschichte. Denn eines haben wir anderen Nationen voraus, wir standen tatsächlich schon mal am Abgrund. Seitdem heißt es: Wehret den Anfängen! Unheilvolle Entwicklungen gibt es zuhauf; die Tatsache, sie als durch Verschwörung gesteuert zu sehen, ist allerdings besonders deutsch. Für die einen sind es Manager und Banker, für die anderen die Islamisten, für andere wiederum die Amerikaner, wegen deren Griff zur Weltmacht wir vor dem Abgrund stehen. Dabei hat die Angst vor großen dunklen Mächten, die ein böses Spiel mit uns treiben, die Deutschen schon mehrmals in die Arme von ganz anderen dunklen Mächten getrieben.

Die Dolchstoßlegende des Ersten Weltkriegs war eine der größten Verschwörungstheorien in der deutschen Geschichte. Es hatte während des Krieges keinen totalen Zusammenbruch in der Heimat gegeben, keine gegnerischen Soldaten waren in heimisches Gebiet vorgedrungen wie später im Zweiten Weltkrieg, als jeder Deutsche auf den Trümmern seines Hauses in

München, Köln oder Berlin nachvollziehen konnte, warum man verloren hatte. 1918 stand lediglich eine unausweichliche Niederlage an der Front bevor, während in Deutschland in allen Städten die Vögel zwitscherten und die Propaganda bis kurz vor der Kapitulation noch von großen Heldentaten der deutschen Armee berichtete. Das ist zweifellos die Aufgabe von Propaganda, aber gerade deswegen konnten viele Menschen bei der überraschenden Kapitulation nicht nachvollziehen, dass man den Krieg verloren haben sollte. Geschickterweise beteiligte die letzte Kriegsregierung noch schnell die SPD an der Macht. So blieb den Sozialdemokraten nichts anderes übrig, als bei einer ihrer ersten Amtshandlungen 1918 die Kapitulation zu verkünden («Wer hat uns verraten? Sozialdemokraten»). So entstand die Dolchstoßlegende, nach der die Armee unbesiegt an der Front kämpfte und nur die Waschlappen von Politikern kapituliert und damit den heldenhaften Soldaten von hinten den Dolch in den Rücken gejagt hätten.

Mit der Anfeuerung dieser Verschwörungstheorie mehrten fünfzehn Jahre später die Nazis ihre Anhängerschaft. Ihre zweite war bekanntermaßen die von den geldgierigen Juden, die angeblich die Wirtschaft kontrollierten und für jeden Missstand verantwortlich sein sollten, für den man gerade einen Schuldigen brauchte. Deshalb muss man als Deutscher, nach allem, was geschehen ist, sehr vorsichtig sein mit kollektiven Schuldzuweisungen. Trotzdem ist die Sucht nach Verschwörung bei uns bis heute ungebrochen. Vielen Deutschen ist es gar nicht mehr möglich, bei bestimmten Ereignissen zu einer normalen Einschätzung der Lage zu gelangen: Nach dem Flugzeugattentat auf das *World Trade Center* in New York am 11. September 2001 kamen die absurdesten Stellungnahmen aus Deutschland. Für die damalige Berliner Kultursenatorin Adrienne Goehler waren die *Twin Towers* eh Phallussymbole, wahrscheinlich einer männlichen Verschwörung, die die Macht in der Welt übernommen hatte, die nun zu Recht zerstört wurden. Für den Komponisten Karlheinz Stockhausen war das Attentat «das größte Kunstwerk aller Zeiten». Gut, nach Hitler, dem arbeitslosen, zweimal von der Kunstakademie abgelehnten Maler aus Wien, ist Künstlern alles zuzutrauen.

Die bekloppteste Verschwörungstheorie in Sachen 11. September hörte ich auf einer Silvesterparty in Berlin. Ich kannte diesen Freund eines Freundes nicht persönlich, der mir ohne jedes Anzeichen von einsetzendem Wahnsinn, ja im Gegenteil, ganz nebenbei beim Befüllen eines Pfännchens für den Raclettegrill sagte, das Attentat auf das *World Trade Center* sei von der CIA inszeniert worden. Was seiner Ansicht nach völlig logisch war, denn der damalige US-Präsident George W. Bush habe doch noch einen Grund für seinen Feldzug ums Öl im Nahen Osten gebraucht. Unser Gespräch endete abrupt, als ich ihm mitteilte, meiner Ansicht nach könne es sich beim Terrorpiloten Mohammed Atta nur um den Sohn Hitlers gehandelt haben, den dieser in Argentinien mit Diana, die ja mitnichten in Paris verunglückt, sondern untergetaucht sei, gezeugt hatte. Der seit über 65 Jahren untergetauchte Diktator habe schließlich ebenfalls ein starkes Motiv, es den Amerikanern mal richtig zu zeigen. Vielleicht weiß Stockhausen mehr, als er zugibt.

Selbst in harmlosesten Entwicklungen entdecken Deutsche das Wirken einer großen dunklen Macht. So zum Beispiel bei Halloween, einem wirklich unverdächtigen kleinen Fest. Immer mehr Kinder und Familien finden auch hierzulande Gefallen an dieser neuen Tradition, und ich möchte schon mal an dieser Stelle darauf hinweisen, dass es für eine Vorstellung von Heimat Traditionen bedarf. Und da wir kaum noch welche haben und wenige Bräuche übrig geblieben sind, die wir mögen, ist es umso besser, wenn ein netter Ritus auftaucht, der uns gefällt. Also: Ende Oktober höhlen neuerdings viele Familien Kürbisse aus und erleuchten sie mit Kerzen. Am letzten Abend vor Anbruch des Novembers ziehen die Kinder als Hexen und Gruselwesen verkleidet von Tür zu Tür. Sie klingeln, sagen ein Verslein auf und bitten um etwas Süßes. Was soll daran schlimm sein? Trotzdem sieht die deutsche Öffentlichkeit mal wieder Gefahr im Verzug, jammert in überraschender Einigkeit von links bis zu den Kirchen: «Das ist eine amerikanische Erfindung, reiner Kommerz!» Als wenn der Verkauf von einigen Tonnen Kürbissen und Gruselkostümen ein Konsumfeuerwerk auslösen könnte, das, nebenbei bemerkt, unser Land dringender bräuchte denn je. Die Deutschen sind konsumfaul – ich schlage dieses Wort für den Duden vor –, sie müssen konsumfreudiger werden, und Halloween ist da nur ein Anfang. Warum gibt es nicht den «Tag des Konsums»? Ein Tag, an dem die Menschen animiert werden, die EC-Karte glühen zu lassen? Ausgerechnet Christen kritisieren Halloween als sinnlosen Kommerz, dabei haben sie selbst Weihnachten erfunden! Das Konsumfest Nr. 1 mit vierwöchigem Countdown. Dafür müsste die Kirche eigentlich von der Regierung jedes Jahr den Preis «Die goldene Kasse» bekommen. Wenn es ein Kommerzfest gibt, dann Weihnachten. Doch die Kirche warnt davor, Kinder an Teufel und Dämonen glauben zu lassen. Dabei ist die Gefahr, Satanist zu werden, nur weil man ein Gruselkostüm angezogen hat, ungefähr so groß wie die, Christ zu werden, weil man Weihnachten feiert. «Warum», fragte ein besorgter Pfarrer in einer Radiodiskussion zu Halloween, «feiern die Menschen am 31. Oktober nicht mehr den Reformationstag?» Ja, warum eigentlich nicht? Vielleicht muss ein bisschen mehr Spaß in die Sache: Kaufhäuser sollten

Lutherkostüme anbieten. Und die Kinder dürften ihre Wünsche auf Zetteln an Kirchentüren nageln.

Die kirchlichen Events, die viel Publikum angelockt haben, sind ja heute verboten, wie die Hexenverbrennung. Da war wirklich was los. Dagegen ist Halloween geradezu friedlich. Bei mir klingelt es schon seit einigen Jahren am letzten Oktobertag. Eigentlich ganz praktisch, denn so konnte ich zuletzt einige Schokoweihnachtssterne vom Vorjahr entsorgen. Immerhin reicht auf diese Weise der Heidenkult den Christen die Hand. Zwar war das Schokozeug nur bis August haltbar, aber ich hoffe, die Mütter haben den Raubzug gecheckt. Um meine Tür vor Rasierschaum und Kleister zu schützen, war mir jedes Mittel recht.

Die Unart, hinter allem und jedem die große Verschwörung zu sehen, sollten wir Deutsche schnell ablegen. Es gibt sie nicht, so spannend sich auch Bücher zu diesem Thema lesen mögen. Macht- und Ohnmachtsmuster sind verschränkt und vielfältig. Wenn es darum geht, Unrecht auszumachen und zu bekämpfen, verstellt das ständige Lamentieren sogar den Blick auf das Wesentliche. Trotzdem gehört der Hang, an ein machtvolles Komplott zu glauben, zu unserer heimischen Sozialfauna. Wir haben uns an ihn ebenso gewöhnt wie an Eichen, Spargel und Pflaumen. Natürlich gehört zu dieser Fauna auch Gründlichkeit, Pflichtbewusstsein und Ordnung sowie eine fast unstillbare Sucht, sich zu beschweren. Allerdings will ich mich mit diesen altbekannten Gewächsen nicht weiter aufhalten – darüber wurde an vielen anderen Stellen schon viel Kluges gesagt. Deshalb nur der folgende Schnipsel als besonders schönes Beispiel deutscher Beschwerdelust: Eine Sammlung der verrücktesten Beschwerden in Hotels von deutschen Gästen erzählt vom Unmut einer Stewardess, die in einem Flughafenhotel abgestiegen war. Auf ihrem Zimmer meinte sie eine Mikrowelle gefunden zu haben, einen metallenen Apparat mit Tür, darauf einen Drehschalter und allerhand Tasten. Deshalb besorgte sie sich ein kleines Fertiggericht, eine Lasagne. Wenig später ging bei der Rezeption ein brüsker Anruf von genau dieser Dame ein: Wieso die Mikrowelle nicht funktioniere? Der Rezeptionist war ratlos, man habe keine Mikrowellen in den Zimmern installiert. Nach langem Lamento stellte sich heraus: Die Dame hatte die Lasagne in den Zimmersafe geschoben.

↗

Versöhnen statt spalten

«Ich kenne keine Parteien mehr,
ich kenne nur noch Deutsche.»

KAISER WILHELM II.

Er zeigte den Lampen der Kamerateams sein entschlossenes Gesicht, schließlich war er hier, um hart durchzugreifen. Begleitet von Bodyguards und einem Journalistenpulk schritt Nicolas Sarkozy über mit Unrat übersäte Grünflächen, vorbei an schäbigen Häuserblocks und umgekippten Müllcontainern. Zuvor hatten Jugendliche mit arabischem Migrationshintergrund aus diesen *Banlieues*, den armen Schlafstädten am Rand von Paris, mehrere hundert Autos in Brand gesteckt, Geschäfte geplündert und die Polizei mit Steinen beworfen. «Wir werden die Ordnung wiederherstellen!», rief der Präsident der französischen Republik einer Rentnerin im ersten Stock zu, die wegen des Trubels ihr Fenster geöffnet hatte. Damit hatte man auch einen tollen Satz für die Abendnachrichten im Kasten. Sarkozy bezeichnete im Weitergehen die Randalierer als Banditen und Gesindel.

Im Gegensatz zu Franzosen und Italienern, bei denen der große Streit zur Kultur gehört, man sich sogar mit Genuss aneinander reibt, empfinden Deutsche Streiterei, Protest und Streiks als Sand im Getriebe der Gesellschaft, die dann weniger schafft, als wenn man sich schnell einigt. Damit ist nicht der leidenschaftliche Streit am Gartenzaun gemeint und der Prozess gegen TUI, weil das Meerblickzimmer wegen Nebels keinen Meerblick hatte. Aber große Ungerechtigkeiten, tiefe Gräben in der Gesellschaft mögen wir nicht. Der Staat soll sie zuschütten. In Deutschland würde man die Ursachen für Ausschreitungen à la Paris deshalb auch ausschließlich in den gesellschaftlichen Strukturen suchen. Wenn jemand kriminell wird, muss der Grund beseitigt werden, der denjenigen kriminell werden ließ. Im Zweifel ist immer der Staat schuld. Vielleicht waren die Täter Opfer von Armut? Von Ausgrenzung? Auf jeden Fall müssen Fördermittel her, für ein Kulturzentrum, ein Jugendzentrum, Stadtteilarbeit – wieder ein schönes Wort mit Arbeit! Eigentlich erwirbt man, wenn man arm und benachteiligt ist, kein Recht, kriminell zu werden, Armut und Kriminalität bedingen sich nicht zwangsläufig, sosehr dies auch immer wieder vehement behauptet wird, es müssen immer noch andere Faktoren hinzukommen, damit jemand auf die schiefe Bahn gerät. Wie sonst schafften es die Iren jahrhundertelang, als Arme in einem der ärmsten Länder Westeuropas zu leben und es zugleich – dank ihrer Moral – zu einem der sichersten Staaten zu machen?

Dennoch haben in Deutschland all die Integrationsbemühungen für Jugendliche mit Migrationshintergrund dazu geführt, dass sich die Ereignisse, die Sarkozy in den Pariser Vororten besichtigte, bei uns nicht wiederholten. Die Presse prophezeite voller Vorfreude, auch Berlin-Neukölln und Hamburg-Wilhelmsburg würden nun in Flammen aufgehen. Doch nichts dergleichen geschah. Anscheinend waren die vergleichbaren Jugendlichen besser integriert als in Frankreich. Wenn wir eines können in Deutschland, dann integrieren.

Schaut man auf die alte Bundesrepublik, die inzwischen ihren 61. Geburtstag feierte, so wird völlig klar, warum sie all die Jahre so stabil war und heute ist: wegen der Manie, alles und jeden zu integrieren. Statt Gegner zu bekämpfen und aus der Gesellschaft auszuschließen, wird jeder umarmt und vereinnahmt. Nichts zeigt dies deutlicher als die Abfolge der Bundesregierungen. In der Großen Koalition von 1969 saßen mit Kurt-Georg Kiesinger und Willy Brandt erstmals ein Verfolgter des NS-Regimes und ein Systemträger und Mitläufer im Apparat an einem Tisch. Brandt musste vor den Nazis nach Norwegen fliehen. Kiesinger war Mitglied der NSDAP gewesen und hatte dort Führungspositionen bekleidet, wenn auch nur am Schreibtisch. Dies war die erste Versöhnung. Die Aussicht auf Mitwirkung an der Macht mäßigte auch die SPD, die sich mit den Jahren von allen sozialistischen Zielen verabschiedete und die nächste und übernächste Regierung stellte.

Die Demonstrationen der Studenten von 1968, die zur Friedens- und Anti-Atomkraftbewegung wurde, absorbierte der deutsche Konsensschwamm spätestens 1998. Ab da durfte die aus den Protesten fünfzehn Jahre zuvor entstandene Partei der Grünen mitregieren. Und schließlich zeigte die Kanzlerin Angela Merkel aus der ehemaligen DDR, dass auch die Ostdeutschen nicht von der Macht ausgeschlossen, sondern im Gegenteil vereinnahmt wurden. Das Harmoniebedürfnis geht so weit, dass viele Deutsche meinen, selbst Politiker, bei denen die Auseinandersetzung schließlich zum Beruf gehört, würden zu viel streiten. Insofern spricht der Satz, den Kaiser Wilhelm II. zur Mobilisierung der Bevölkerung für den Ersten Weltkrieg sagte, auch fast hundert Jahre später den Deutschen aus der Seele: «Ich kenne keine Parteien mehr, ich kenne nur noch Deutsche.» Muss es denn immer gegeneinander gehen, können wir nicht alle in die Hände spucken und gemeinsam an einem Strang ziehen? Es gibt eine verkappte Sehnsucht nach der ganz großen Koalition, die alle umschließt und leider auch das ganz große Unheil bringt: das Ende der Demokratie. Dabei ist die Streiterei der Politiker nicht schlimm. Die Debatte gehört zur Demokratie so elementar dazu wie Butter aufs Brot. Eine Debatte ist ein Streitgespräch, die Franzosen, von denen das Wort stammt, sagen *débattre*, was ursprünglich so viel heißt wie *sich schlagen*. Demokratie endet dort, wo sich alle Politiker einig sind, das ist vielen nicht klar. Im Parlament muss parliert werden, jenes haben wiederum die Griechen erfunden, damit man beim Streiten ein Dach über dem Kopf hat. Das Parlament ist der gezähmte Bürgerkrieg. Statt sich Straßenschlachten zu liefern, um eine Mehrheit hinter sich zu versammeln, versucht man selbiges im Parlament mit friedlichen Mitteln, und die Mehrheit entscheidet, bis die Minderheit so stark geworden ist, dass sie nunmehr die Mehrheit ist. Ein schöner Gedanke. Schließlich macht Streiten doch auch Spaß, und etwas Aufregung und Empörung sind gut für die Durchblutung.

Aber vielleicht gehört der große Konsens, wenn er auch oft öde ist, zur neuen deutschen Identität. Ausgrenzung, Rassismus, Straßenschlachten, das gab es im Deutschland der 20er und 30er Jahre und dem, was danach kam, zur Genüge. Den Versuch, niemanden auszugrenzen, alle mitzunehmen, könnte man als Grundwert unseres Heimatlandes ansehen. Nebenbei sind alle Staaten, die größere Teile der Gesellschaft ausgrenzen, zum Scheitern verurteilt. Die Führung der Sowjetunion konnte, nachdem sie die Eliten umbringen ließ, ebenso wenig Stabilität schaffen wie die deutsche NS-Diktatur, die Juden, Sozialdemokraten, Kommunisten und Künstler rausschmiss. Meistens sind es Diktaturen – wie zuletzt die DDR –, die glauben, es verkraften zu können, wenn sie ihre kritischen Geister vor die Tür setzen. In Scharen liefen die Schlauen und Kreativen davon.

Es mag noch einen weiteren Grund geben, warum Integration heute wieder eine Grundtugend der Deutschen ist, war sie doch schon vor langer Zeit ihr Schlüssel zum Erfolg. Einst einten die Deutschen mit dieser familiären Wir-holen-alle-ins-Nest-Strategie die Nation und heute Europa. Im Gegensatz zu England oder Frankreich hatten die Deutschen vor der Gründung ihres Nationalstaates 1871 nicht nur einen König, sondern gleich eine ganze Handvoll, die es in ihren kleinen Königreichen ausgesprochen gemütlich fanden. All die deutschen Fürsten, Großherzoge und Könige, deren Nachkommen bis heute die Schlagzeilen für «Frau im Spiegel», «Die Aktuelle» und andere Hausfrauenmagazine liefern, mussten zunächst freundlich von ihren Thronen herunterkomplimentiert werden. Die Einigung der deutschen Bonsai-Staaten war ein mühsamer, erst durch zähe Verhandlungen ermöglichter Annäherungsprozess. Er ging mit der Zusicherung größtmöglicher Selbständigkeit der einzelnen Staaten im neuen Verbund einher. Schon ein flüchtiger Blick auf alle deutschen Klein- und Kleinststaaten, aus denen nach und nach das Deutsche Reich entstand, macht schwindelig: Fürstentum Schwarzburg-Rudolstadt, Fürstentum Schwarzburg-Sonderhausen, Fürstentum Waldeck, Fürstentum Reuß, Fürstentum Schaumburg-Lippe, Fürstentum Lippe; Herzogtum Braunschweig, Herzogtum Sachsen-Meiningen, Herzogtum Sachsen-Altenburg, Herzogtum Sachsen-Coburg und Gotha, Herzogtum Anhalt; Großherzogtum Mecklenburg-Schwerin, Großherzogtum Mecklenburg-Strelitz, Großherzogtum Oldenburg, Großherzogtum Sachsen-Weimar-Eisenach, Großherzogtum Hessen; Königreich Sachsen, Königreich Preußen, Königreich Bayern, Königreich Württemberg, Königreich Baden; Freie und Hansestadt Hamburg, Hansestadt Lübeck, Freie Hansestadt Bremen. Gemeinsam hatte man bis dahin nur die gleiche Sprache. Es war eine diplomatische Meisterleistung, diesen Flohzirkus auch politisch unter einen Hut zu bekommen.

Aus dieser Tradition heraus leistet sich Deutschland bis heute als eines von wenigen Ländern weltweit einen Föderalismus, in dem die einzelnen Bundesländer eine ganze Menge mitzureden haben. Was immer die deutsche Kanzlerin in Berlin an Plänen veröffentlicht, jeder hört erst mal genau hin, welchen Senf die Provinzfürsten in München, Frankfurt oder Stuttgart dazu abgeben. Schließlich muss die Mehrheit aller Gesetzesvorhaben durch den Bundesrat gebracht werden, wo wiederum jedes Bundesland überlegt, ob die Einführung zum Beispiel eines Rauchverbots in Gaststätten gut für Bayern oder Hessen ist. Dieser Föderalismus bedingt, dass in Deutschland starke Regionalzentren existieren. Alle zentralistisch regierten Länder wie Frankreich haben dagegen eine ausgesprochen schwache Provinz.

Bayern als ehemaliges Königreich ist bis heute besonders aufmüpfig, leistet sich mit der CSU eine Partei, die es nur in Bayern gibt, und ist besonders geübt darin, Ideen aus Berlin zu sabotieren. Zu Zeiten des Deutschen Kaiserreichs bestand Bayern sogar noch auf einem eigenen Heer und einer eigenen Post. Ein ähnlich penetrantes Selbstbewusstsein legte früher nur Preußen an den Tag, ein Königreich, das spätestens im Zweiten Weltkrieg mit Pauken und Trompeten untergegangen ist. Historiker würdigen neuerdings die Verdienste Preußens für die Entwicklung eines modernen Staates, so die von Karl August von Hardenberg. Er hob als eine Art preußischer Superminister schon im vorletzten Jahrhundert viele Gesetze aus der Taufe, die für uns heute zum Selbstverständnis eines Rechtsstaates gehören. Dazu gehört u. a. die bis dahin unbekannte Gewerbefreiheit, also das Recht für alle, eine Firma zu gründen, einen Laden zu eröffnen oder sonst einem Gewerbe nachzugehen. Trotzdem steht Preußen bis heute vor allem für Militarismus, für Säbelrasseln und «Jawoll, Herr Hauptmann!». Zweimal marschierte Deutschland im 20. Jahrhundert mit dieser Mentalität in den Abgrund. Preußische Großgrundbesitzer, auch Junker genannt, unterstützten Hitler mit Nachdruck. Vielleicht hätten sie es sich anders überlegt, wäre ihnen klar gewesen, dass dies zum Verschwinden von Preußen auf der europäischen Landkarte führen würde. Und wer die ehemals deutschen Gebiete in Polen und Russland als Tourist besucht, tut gut daran, die heutigen Namen der Städte und Regionen zu lernen, wenn er dort ein paar neue Freunde finden will. In Kaliningrad sollte er also besser nicht wie im Speisewagen des ICE Königsberger Klopse bestellen.

Während Preußen im letzten Jahrhundert überwunden, zerstört, getilgt worden ist, existiert Bayern noch immer in den alten Grenzen seines Königreichs. Es ist putzmunter und zu Recht stolz, schaffte es doch den Wechsel von einem rückständigen Bauernland hin zu einer der strukturstärksten Regionen Europas. Nicht zuletzt ist dieser Wandel den vielen deutschen Vertriebenen zu verdanken, die nach dem Zweiten Weltkrieg nach Süddeutschland kamen. Zunächst sorgten sie zwar für große Unterbringungsprobleme, ihre Anwesenheit verschärfte die Armut, führte aber zu einem Bevölkerungswachstum, das schließlich auch wirtschaftliches Wachstum brachte. Was sollten die Vertriebenen schon anderes tun, die Neubayern aus Schlesien und anderswo, als zu arbeiten und ihrem Leben einen neuen Sinn zu geben? Es ist derselbe Effekt, der die USA wachsen und prosperieren ließ: Letztlich machen Einwanderer den Ort, an dem sie ankommen, stärker. Eigentlich ein guter Grund für mehr Immigration.

Bayern konnte durch seine Selbständigkeit im Föderalismus viel für die eigene Scholle tun, doch wenn es in Deutschland

«Das ist Ländersache» heißt, muss das nicht immer von Vorteil sein. So in der Bildungspolitik. Zentrale Schulabschlüsse, in Frankreich völlig normal, gehören in Deutschland in den Bereich der Utopie. Eine Gleichwertigkeit der deutschen Schulabschlüsse, egal, wo Schüler sie absolviert haben, ist dringend notwendig. Aber jedes Bundesland kocht lieber sein eigenes Bildungs-Süppchen – mit jeweils ganz unterschiedlichem Ansehen. So beeindruckt einen das Zweier-Abitur aus Hamburg gerade mal so wie der Dreier-Abschluss einer bayrischen Realschule. Universitäten setzen deshalb vermehrt auf Einführungskurse in Grundlagenwissen, um die Studenten auf den gleichen Stand zu bringen.

So oder so, der Föderalismus hat, wie alles im Leben, Vor- und Nachteile. Sicher ist aber, dass er zur deutschen Konsenskultur führte. Jedes Gesetz muss allen gefallen. Es geht nur, wenn alle mitmachen. Inzwischen hat der Konsensschwamm krakenartige Ausmaße erreicht. «Versöhnen statt spalten» war das ständig wiederholte Motto des früheren Bundespräsidenten Johannes Rau. Gibt es überhaupt noch Gegner? Natürlich: Schmarotzer und Konzerne, Leistungsverweigerer und die Industrie, ehrliche Bürger und gierige Manager, die allesamt verbindet, dass sie stets nebulös bleiben, damit man besser auf sie schimpfen kann. Sobald es um konkrete Unternehmen und konkrete Arbeiter geht, siegt die Sehnsucht nach Einigkeit. Obwohl beide Seiten eigentlich an Gegensätzlichem interessiert sind, die einen an höheren Löhnen, die anderen an niedrigen Lohnkosten, nennt man sie heute sanft Tarif*partner*. Eine deutsche Versöhnungskultur. Wenn die Verkäuferinnen eines Kaufhauses im französischen Lyon entlassen werden sollen, besetzen sie ihre Filiale, ihre deutschen Kolleginnen würden in diesem Fall anbieten, auf Lohn zu verzichten. Dort sperrt man den eigenen Vorstand einfach tagelang im Sitzungsraum ein und nennt das Bossnapping. Hier würde auf Urlaub verzichtet, gebettelt und appelliert, dass man es doch gemeinsam schaffen könne, während in Lyon längst die Herrenabteilung in Flammen steht.

Diese Kultur saugt Protest immer wirkungsvoller auf. Als im letzten Jahr Studenten streikten und Hörsäle besetzten, ließen die Adressaten, an die der Protest geschickt wurde, sofort die Öffentlichkeit wissen, sie hätten Verständnis für die Forderungen der Studenten, sie seien absolut vernünftig, *gemeinsam* müsste man einen Weg finden, die Universitäten besser zu machen. Angesichts von so viel Entgegenkommen, angesichts von so wenig Gegenwind geriet der Streik in eine Flaute. Wozu sollte man im Schlafsack auf dem Boden eines Hörsaals übernachten, wenn sich alle einig waren? In Hamburg gab es früher gewaltsame Auseinandersetzungen zwischen Polizei und jungen Männern und Frauen, die Gebäude in der Hafenstraße besetzt hatten, in denen bis dahin niemand wohnen wollte. Dreißig Jahre später, 2009, wurden wieder Häuser besetzt, ein ganzes Ensemble im Zentrum der Stadt, das historische Gängeviertel, das von holländischen Investoren aufgekauft worden war und zum Großteil abgerissen werden sollte. Stattdessen zogen junge und nicht mehr ganz so junge Aktive aus der Szene in die Häuser, zum Wohnen und Werkeln und Musikmachen. Zur Überraschung der Besetzer erklärten alle gesellschaftlichen Kräfte, von denen entschiedener Widerstand à la «Sofort räumen!» erwartet wurde, dass dies eine zauberhafte Idee sei. Die Zeitungen vom Axel-Springer-Platz, direkte Nachbarn des noch zu schaffenden Multikulti-Zentrums, begrüßten die Alternativen begeistert als neue Nachbarn. Dabei war der Springerverlag mit der *Bildzeitung* früher in Konflikte mit Studenten der Revolte von 1968 verwickelt, bei der bekanntlich Auslieferungsfahrzeuge des

Verlags umgekippt und in Brand gesteckt worden waren. Auch andere Schlipsträger, Notare, Schiffsmakler und sonstige Kaufleute aus den umliegenden Marmor- und Glasbüros, gaben sich höflich, versprachen, in ihrer Mittagspause statt der gewohnten Lifestyle-Pasta vom In-Italiener *Vapiano* auch mal einen veganen Vollkorn-Auflauf im Gängeviertel zu probieren. Gemeckert hat eigentlich niemand. Selbst die Politiker der Hamburger Stadtregierung frohlockten: Endlich wurde mal wieder ein Haus besetzt! Kurzerhand kaufte sie dem holländischen Eigentümer das Häuserensemble wieder ab, damit die Besetzer dort nun ihren Traum von einem Leben ohne – wie es die *Badische Zeitung* so schön schrieb – Gentrifidingsbums leben konnten, also ohne Gentrifizierung, die alles immer teurer und schicker macht. Auch die alten Konflikte um Hafenstraße und *Rote Flora* endeten schon vor vielen Jahren mit Mietverträgen.

Die Harmoniesucht der Deutschen steht nur scheinbar im Gegensatz zu dem bei uns so beliebten Meckern. Natürlich wird bei uns mehr rumgemäkelt als in anderen Ländern, aber unter großen gesellschaftlichen Spaltungen und Spannungen und vor allem Ungerechtigkeiten leiden die Deutschen sehr. Fast jedes heißdiskutierte Thema gehört in die Abteilung «Gerechtigkeit», und für die ist bei uns vor allem der Staat zuständig. Dafür, dass wir nicht im Sozialismus leben, ist es überraschend, um was sich der Staat alles kümmert und sich nach Ansicht vieler Deutscher noch kümmern sollte. Die Sehnsucht nach der großen Gemeinschaft ist für viele emotional an den Staat geknüpft. Als sich der ehemalige Bundeskanzler Gerhard Schröder vor seiner Wiederwahl in einer TV-Sendung den Fragen von Wählerinnen stellte, wollte eine Frau wissen, warum die Zuschüsse für ihre Ich-AG auf wenige Jahre befristet seien. Was, fragte sie, wenn mein Nagelstudio nach drei Jahren noch keinen Gewinn abwirft – lässt mich der Staat dann allein? Aber nein. Dem Sozialdemokraten fielen tatsächlich noch weitere Förderungsmöglichkeiten ein. Dabei ist es schon der Gipfel der Fürsorge, wenn sich der Staat um jene kümmert, die sich selbständig machen wollen. Bis vor kurzem unterstützte er sogar Familien finanziell, die in der komfortablen Lage waren, sich ein Haus kaufen zu können.

Hierzulande ist der Staat die Gesellschaft, und bei jedem Thema, egal ob es sich um die Pflege alter Menschen, um die Bezuschussung von Theaterkarten, den bezahlten Sprachkurs vom Arbeitsamt oder die Situation des Steinpilzes dreht, vergeht keine Minute, bevor nicht ein besorgter Deutscher auf die Idee kommt, hier müsse doch der Staat endlich eingreifen. Die Realität und auch der Wunsch des allumsorgenden Staates ist eine Spezialität unserer Heimat wie Weißwurst, Berliner Weiße und Franzbrötchen. Für Amerikaner hingegen steht der Staat nicht für die Gesellschaft, sondern eher für das Finanzamt, eine Institution, die möglichst wenig ins eigene Leben reinfunken sollte, die man am besten vom Grundstück fernhält. Staat und Gesellschaft sind nicht so deckungsgleich wie bei uns, sie stehen sich dort gegenüber. Als der ehemalige Präsident George W. Bush ebenfalls in einer Wählersprechstunde von einer Amerikanerin mit der zunehmenden Armut unter alten Menschen in den USA konfrontiert wurde und sie wissen wollte, was der Präsident denn in dieser Angelegenheit zu tun gedenke, antwortete dieser ganz anders als ein deutscher Politiker. Hierzulande wäre es sofort um Rentenanpassungen gegangen, die Beiträge zur Pflegeversicherung, die Ausstattung von Krankenhäusern und Pflegeheimen, um Abgaben und die Pflicht des Staates, die Situation zu verbessern. Bush aber sagte sinngemäß: «Ich danke Ihnen für den Mut, diese Frage zu stellen, denn es ist eine sehr wichtige Frage. Wir dürfen die alten Menschen nicht vergessen, sie haben uns nicht nur aufgezogen, als wir noch selbst Hilfe bedurften, sie haben auch dieses großartige Land aufgebaut. Deshalb kann ich alle Amerikaner nur auffordern, ihre Eltern und Großeltern nicht zu vergessen, sich um sie zu kümmern und ihnen all die Liebe zurückzugeben, die sie uns gaben, als wir noch Kinder waren.» Eine solche Aussage aus dem Munde eines deutschen Politikers? Undenkbar.

Unsere harmoniesüchtige Einstellung in Sachen Politik findet ihren Ursprung vielleicht in der Weimarer Republik. Das erste demokratische Deutschland litt in seinen letzten Jahren unter einem extremen Lagerkampf. Bei den Reichstagswahlen votierten mal gerade 17 % der Wähler für die KPD und damit für die Abschaffung der Demokratie zugunsten eines Kommunismus. Bald wählten doppelt so viele Menschen mit der NSDAP eine Partei, die ebenfalls die Demokratie abschaffen wollte. Das demokratische Lager war indes in viele Parteien zersplittert. Nicht nur in Berlin, in vielen Teilen Europas trafen in dieser Zeit Ideologien hart aufeinander, auch im Spanischen Bürgerkrieg. Ernest Hemingway war in diesem Kampf als Beobachter im Lager der Republikaner dabei, die gegen die Faschisten kämpften. Es war ein Sammelbecken für Demokraten, Sozialisten und Kommunisten. Gefragt, welches System seiner Meinung nach am besten die Probleme der Menschheit lösen könne, gab Hemingway eine verblüffende, sehr amerikanische Antwort: Er soll gesagt haben, wenn es Probleme gäbe, dann helfe er zunächst sich selbst, dann seiner Familie, dann den Nachbarn, und dann sehe er weiter.

Die Fürsorge des Staates, sein Engagement in allen Teilen der Gesellschaft ist für uns heute selbstverständlich. Dabei bräuchten die Deutschen nicht mal den Staat. Mit ihren 550 000 Vereinen wären sie locker in der Lage, das zivile Leben in diesem

Lande selbst zu organisieren. Jeder Deutsche ist mindestens in einem Mitglied – Hand aufs Herz. Kitas und der ADAC sind auch Vereine.

Das große Miteinander, das Ende der Ideologien, all die Zurückhaltung, Ernsthaftigkeit und besonders die Sensibilität für Ungerechtigkeiten sind die Antwort des Deutschlands von heute auf das Deutschland von gestern.

↗

Elternland

«Am Tage, da ich meinen Pass verlor,
entdeckte ich mit achtundfünfzig Jahren,
dass man mit seiner Heimat mehr verliert
als einen Fleck umgrenzter Erde.»

STEFAN ZWEIG

Michael hatte 2006 ein Problem. Seine beiden Töchter Amélie und Sofie, die eine zehn, die andere zwölf Jahre alt, forderten, ihr Vater möge doch das Familienauto, einen betagten VW Passat, mit Deutschlandflaggen schmücken. Zu diesem Zeitpunkt, es war Fußball-WM, waren sie an jeder Ecke erhältlich, wurden in die Fensterscheiben geklemmt und flatterten zahlreich an Autodächern. Vor allem sorgten sie für ein großes Flattern bei den Intellektuellen. «Wehret den Anfängen!», riefen sie in den Zeitungen. Das Auftauchen dieser Massen an Deutschlandfahnen schien ein böses Zeichen zu sein, Ausdruck eines neuen Chauvinismus des wiedervereinigten Deutschlands. Und auch Michael stürzte die Bitte seiner Töchter nach nationalen Symbolen in einen Gewissenskonflikt. Einerseits erfüllte er seinen Kindern jeden Wunsch; ohne Repressionen sollten sie aufwachsen, Freigeister werden und keine Marionetten, die das Wunschprogramm ihrer Eltern abspulten. Andererseits war es ihm, einem ehemaligen Anarchisten und Autonomen, der noch höchstselbst bei der Besetzung der Hamburger Hafenstraße dabei war, unmöglich, Schwarz-Rot-Gold zu hissen. Sein Motto hatte früher, ganz im Gegensatz zur jetzigen Deutschlandeuphorie, geheißen: «Nie wieder Deutschland!» und «Es lebe die internationale Solidarität!» Das war zwar schon länger her. Inzwischen wohnte man in einem Reihenhaus in der Großstadt, das nicht zuletzt durch die großzügige Eigenheimzulage von «diesem Staat», wie man als Linker die Bundesrepublik gern bezeichnete, gekauft werden konnte. Die Mädchen gingen auch nicht etwa in die zuständige Stadtteilschule mit einem Ausländeranteil von dreißig Prozent, wo sie hautnah am Ideal einer multikulturellen Gesellschaft hätten mitwirken können, sondern auf eine versteckte Montessori-Schule. Natürlich nicht, weil hier die Kinder der deutschen Bildungsbürger unter sich blieben, sondern weil das pädagogische Konzept überzeugte. Trotzdem, auch wenn er seine Töchter ernst nahm, keinesfalls konnte er mit Deutschlandfahnen bewehrt durch die Straßen fahren. Er schlug ihnen vor, statt einer Deutschland- lieber eine Paceflagge am Auto zu befestigen. Pace? Welches Land das denn sei, fragte die größere der beiden. Natürlich kein Land, räumte Michael ein, sondern das Symbol für Frieden. Das konnte die Mädchen nicht überzeugen. Auch der Vorschlag, die brasilianische Flagge zu hissen, schließlich spielten die Brasilianer den elegantesten Fußball, half ihm nicht, denn seine kleine Tochter stellte fest: «Wieso Brasilien, wir sind doch für Deutschland.» Aber dieses Land hatte schon mal, gerade wegen eines übersteigerten Nationalgefühls … – Michael entschied sich schließlich als überzeugter Antifaschist, das Grauen des Krieges in der Tasche zu lassen und seinen Töchtern den Wunsch zu gewähren. So fuhr er sie morgens in die Schule, jeweils einen schwarz-rot-goldenen Wimpel am linken und einen am rechten Fenster, natürlich mit gesenktem Blick unter einer tief ins Gesicht gezogenen Baseballkappe. An der ersten Ampel konnten die Wischmanns mit ihren Kindern in Fahrradanhängern von *Burley d'Lite* auftauchen oder Mütter mit *Bugaboo*-Karren zum Preis eines gebrauchten Ford Escort. Vielleicht kannten sie Michael aus einem Kurs der Kinder-Akademie, und was sollten sie von ihm denken, wenn sie ihn im beflaggten Auto sitzen sähen? Spätestens, wenn er sich zu seiner eigenen Schule aufmachte, bei der er, inzwischen verbeamtet, als Lehrer arbeitete, hielt er im sicheren Abstand zum Tor an einer Bushaltestelle und ließ die Wimpel im Kofferraum verschwinden. Schließlich wollte er kein Mitläufer werden. Seine Kolleginnen und Kollegen, durch die Bank linksalternativ, hätten mit einer Mischung aus Befremden und Entsetzen reagiert, obwohl auch sie verbeamtet waren und folglich «diesen Staat» repräsentierten, dessen schwarz-rot-goldene Flagge im Prinzip so etwas wie ihr Firmenlogo war.

Ich selbst wurde durch Valérie genötigt, eine deutsche und eine französische Flagge am Auto zu befestigen, das war logisch, sie war Französin, ich Deutscher, also musste es so sein. Ich tickte damals allerdings noch ähnlich wie Michael. Vielleicht sei ich ja auch für Frankreich, ließ ich Valérie wissen. Dem konnte sie allerdings nicht folgen. Ich solle lieber für mein Land sein, so ihr Ratschlag, und keinen Unsinn erzählen. Es schien, als könnte man die internationale Solidarität beim Fußball getrost vergessen. Wer vom stilvolleren Spiel schwafelte, davon, dass der Bessere gewinnen möge und doch alles nur ein Spiel sei, machte sich lächerlich. Mit gleichem Verständnis hätte man bei einem Boxkampf rufen können: «Hört auf, Gewalt ist keine Lösung. Vertragt euch!»

Die Frage nach der nationalen Identität ist eine heikle für viele Deutsche. Am besten, man nähert sich ihr über den Heimatbegriff, denn in vielen Ländern überschneiden sich «Heimat» und «Nation» fast vollständig. So spricht man z. B. in Amerika vom «Homeland», wenn man Heimat sagen will. Damit sind die USA als Ganzes gemeint und nicht das eigene kleine Tal, in dem man wohnt. Ganz anders bei uns. Laut Umfragen verbinden neun von zehn Deutschen mit Heimat etwas Regionales, ihr niederbayrisches Dorf, die Ostseeküste, den Thüringer Wald. Jedoch: Heimat ist eben nur für Norddeutsche Möwengeschrei, nur für Berliner der Himmel über der Stadt, nur für Franken Bocksbeutel, nur für Freiburgerinnen Radwege und nur für die Menschen an der Ruhr die A 40. Gemein ist den Deutschen eine typische Haltung, und in dieser sind Besorgnis, Schuldgefühl, Sehnsucht nach Gerechtigkeit und oft auch ein bisschen Angst gemeinsam auf einem Spaziergang unterwegs.

Keine Angst, das Wort «stolz» wird auch bis zum Ende des Buches nicht auftauchen. Es ging mir in der Geschichte von Michael und mir und unseren Skrupeln, zur Fußball-Weltmeisterschaft deutsche Wimpel aufzuhängen, auch nicht darum, eine Normalität nach dem Motto einzufordern: Seid endlich mal wieder stolz auf euer Land und hisst die Deutschlandfahne im Garten! Es kann bei einer neuen deutschen Identität kein Zurück, sondern nur ein Weiter geben. Aber ein Weglaufen vor dieser Frage hilft nicht. Wir haben es lange probiert, haben gehofft, unsere nationale Identität würde sich in einer multikulturellen Gesellschaft, zum Beispiel im eigenen Stadtteil, auflösen.

Die Sehnsucht nach dieser Multikulti-Gesellschaft ist immer auch ein wenig die Sehnsucht danach, das Deutsche in sich selbst auszulöschen, in anderen Kulturen so aufzugehen, dass die eigenen schmählichen Wurzeln unsichtbar werden. Daniel Cohn-Bendit war an diesem Punkt schon viel weiter als die Klientel seiner grünen Partei, als er sich eine Heimat wünschte, in der

Türken Türken bleiben können, Taubenzüchter Taubenzüchter und Lesben Lesben und alle friedlich miteinander leben. Das friedliche Miteinander, oft eher ein friedliches Nebeneinander, klappt gut, aber die Schnittmenge der Kulturen wird immer begrenzt bleiben, anders gesagt: Eine türkische Taubenzüchterin, die Lesbe ist, gibt es noch nicht. Wenn doch, soll sie sich dringend bei mir melden!

Bei all der Auseinandersetzung mit der Frage danach, was deutsche Identität und deutsche Heimat ausmacht, habe ich mich bisher um eine Frage herumgedrückt: Wer ist überhaupt Deutscher? Der Einfachheit halber könnte man sagen, jeder, der einen deutschen Pass hat. So machen es die Amerikaner, und sie lassen sich nicht davon abbringen, schon gar nicht von einem deutschen Fernsehteam. Es wollte eine jener typischen Sozialreportagen drehen, in der dem Zuschauer kaum eine andere Wahl gelassen wird, als die Welt schlecht zu finden. Spätestens wenn die traurige Offstimme einsetzt: «Jeden Morgen um fünf beginnt für Mahesh aus dem indischen Ort Kalugumalai die Schicht in den Straßenschluchten Chicagos», weiß man, wohin die Reise geht: in die Hölle der Globalisierung. Dummerweise haben die Redakteure die Rechnung ohne Mahesh gemacht. Denn der Taxifahrer hat zwar indische Wurzeln, besitzt aber einen US-Pass, und damit ist für ihn klar: Er ist Amerikaner. Dreimal muss er das betonen, immer wieder fragt der unsichtbare Redakteur von der Rückbank des Wagens, wie es denn so sei als Inder in Chicago ohne Sozialversicherung. «Hey, Leute, ich bin Amerikaner.» Sicher, aber er gehöre doch der indischen Community an, und die habe es besonders schwer. «Ich bin Amerikaner.» Zwischendurch kassiert er von einem Gast «tötin» Dollar. «Wie viel?», stutzt der Broker. «Tötin», thirteen, also dreizehn. Gut, Maheshs Akzent ist gewaltig, trotzdem, als der Redakteur zum wiederholten Male sein Migrantenschicksal ausbreiten will, zückt der Taxifahrer kurzerhand seinen Pass, denn er ist stolz auf ihn, es ist ein US-Pass mit seinem Foto.

Eine ähnliche Einstellung begegnete mir, als ich in einem *Friday's Diner* in Boston die Kellnerin nach dem Weg zu den «toilets» fragte. Ein Anfängerfehler, schließlich lernt man als Reisender früh, dass die Toiletten in den USA besonders vornehm als *restrooms* bezeichnet werden, wo man eben so den Rest des Lebens erledigt. Ich hatte dies für einen Moment vergessen. Für hiesige Ohren musste das so klingen, als fragte man in einem deutschen Restaurant: «Verzeihung, wo finde ich die Kloschüssel?» «Sie sind wohl nicht von hier», sagte die augenscheinlich asiatische, vielleicht vietnamesische Kellnerin höflich, und ich erwiderte: «Nein, ich bin aus Deutschland», und fügte angesichts ihres exotischen Antlitzes hinzu: «Aber Sie sind auch nicht von hier, oder?» Da lachte sie und antwortete, ich habe recht, eigentlich komme sie aus Florida. Ich ließ es dabei bewenden, war ich doch schließlich kein TV-Redakteur, der insistiert hätte, wieso Florida? Da sei sie ja wohl kaum geboren, oder waren ihre Eltern nach dem Vietnamkrieg dorthin gekommen und überhaupt, wie viel verdiente sie, und wie stand es um ihre Sozialversicherung?

Eigentlich ist die nationale Identität der Amerikaner ein gutes Vorbild. Einwanderer, die Kinder von Einwanderern oder Amerikaner, deren Urgroßväter Einwanderer waren, unterschreiben die Verfassung. Fortan ist man eine multikulturelle Nation, die eine Wertegemeinschaft verbindet oder, wie die Betroffenen sagen würden, «dieses großartige Land». Wenn wir dies genauso machten, müsste der folgende Satz lesbar sein, ohne darüber zu stolpern: Viele Deutsche sind in der Türkei geboren. Das können wir aber nicht, denn wir fragen: Wie? In der Türkei geboren? Ach so, die haben einen deutschen Pass, also sind das Türken mit deutscher Staatsbürgerschaft. Auf dem Papier Deutsche, aber eigentlich Türken.

In den Köpfen ist das alte, ans Blut gebundene Staatsbürgerrecht noch sehr lebendig. Ein Beweis: Helmut Kohl drückte deutschstämmigen Russen auch über fünfzig Jahre nach Kriegsende den deutschen Pass in die Hand. Diese sogenannten Spätaussiedler, deren Großeltern in Ostpreußen gelebt hatten, als es noch deutsch war, nutzten nun, sechzig Jahre später, die Gelegenheit – wer wollte es ihnen verübeln –, in ein reicheres Land zu ziehen. Gleichzeitig wurden immer wieder Menschen, die schon einen großen Teil, wenn nicht ihr ganzes Leben in Deutschland verbracht haben, tatsächlich vier Wochen vor Beendigung des Studiums mitten in den Prüfungsvorbereitungen in ihr Geburtsland abgeschoben, weil sich ihre Aufenthaltsgenehmigung aus formalen Gründen nicht verlängert hat. Ein behördlicher Bescheid ist bei uns immer noch allmächtig, und sei er noch so grausam. Mit welchem Pragmatismus diskutieren US-Politiker aller Parteien hingegen, ob man nicht illegalen Einwanderern, die es geschafft haben, während eines bestimmten Zeitraums nicht erwischt zu werden, einen Pass in die Hand drücken solle, um sie zu legalisieren.

Als mir ein befreundeter Musiker erzählte, er wolle seine ukrainische Freundin heiraten, war mein erster Gedanke sofort, na prima, dann hat sie ja jetzt eine dauerhafte Aufenthaltsgenehmigung. Zuvor war sie mit Touristenvisa eingereist, und ihr letztes war schon vor Monaten abgelaufen, keinesfalls durfte sie in eine Kontrolle geraten, sonst wäre sie sofort abgeschoben worden. Doch gerade weil ihr Visum als Touristin nicht mehr galt, nützte ihr auch ein deutscher Ehemann nichts. Eine

Abschiebung wäre auch erfolgt, wenn beide auf dem Standesamt geklingelt hätten. Sie musste erst ausreisen – und zwar illegal –, denn auch an der Grenze konnte ihr fauler Status auffliegen. So machten sich beide zur tschechischen Grenze auf, bogen kurz vor dem offiziellen Grenzübergang von der Hauptstraße ab in den Wald, wo sich die Frau allein nachts durch die Tannen schlagen musste, hinüber nach Tschechien, wo ihr Liebster sie im nächsten Dorf erwartete. Gemeinsam fuhren sie dann in die Ukraine und konnten erst von dort mühselig eine offizielle Einreise und Hochzeit einfädeln.

Leider haben ähnliche Geschichten oft auch kein Happy End. Als von deutschen Eltern Geborene gehören wir automatisch zu unserer Nation, haben ihre Staatsbürgerschaft, und das ist elementarer, als man denkt. Deshalb ist diesem Kapitel ein Zitat von Stefan Zweig vorangestellt, dem die Staatsbürgerschaft von den Nazis entzogen worden ist.

Wenn man das Recht verliert, in der Heimat zu leben – oder sich aus freien Stücken dazu entscheidet –, was bleibt dann von ihr? Die eigene Art des Denkens und Fühlens? Sie wird in der Ferne schnell zu einer inneren Insel, denn rundherum ist alles anders und ungewohnt. Vor allem die Ohren sind dort hilflos. Man hört und hört doch nichts, Geräusche und Laute nur, wo man früher verstand. Diese Sehnsucht kann einen auffressen, die Sehnsucht nach dem wohlvertrauten Klang der eigenen Sprache.

↗

Muttersprache

«Heimat ist dort, wo ich verstehe
und verstanden werde.»

KARL JASPERS

Wer versucht, eine Fremdsprache zu lernen, beim Formulieren nach Worten ringt, sich dabei fürchterlich anstrengt und doch nur kauderwelscht, merkt zum ersten Mal, welch komfortabler Zustand es ist, nach der Französisch- oder Spanischstunde wieder Deutsch sprechen zu können. Einfach entspannend! Als gleite man nach einer Eisdusche in ein warmes Schaumbad. Kaum ist ein Gedanke gedacht, ist er auch schon ausgesprochen, ganz Gewiefte können es sogar umgekehrt.

Selbst wenn man meint, eine fremde Sprache zu beherrschen, kommt man immer an den Punkt, an dem man eines Besseren belehrt wird. So bin ich mit meinem Schulenglisch und dem, was ich mir bei meinen Reisen aneignen konnte, zwar in der Lage, mich den ganzen Abend mit einem Kabarettkollegen aus London auf Englisch zu unterhalten, doch kaum beginnt seine Show im *Comedy Store* am *Piccadilly Circus*, verstehe ich fast nichts mehr. Manchmal gelingt es mir zwar, das meiste nachzuvollziehen – aber bei der Pointe ist dann Schluss, ein Trauerspiel. Gerade Humor hat immer mit sprachlicher Finesse zu tun, kommt dann noch ein Dialekt hinzu, ist Feierabend für alle

Nicht-Muttersprachler. Am besten, man macht es wie meine Oma und hält sich mit Fremdsprachen gar nicht erst auf. Sie hat nie eine gelernt und konnte sich dennoch in jedem Land verständlich machen. Ob spanische Flamencogruppe oder philippinischer Kellner auf dem Kreuzfahrtschiff, sie sprach einfach etwas lauter: «Es hat sehr gut geschmeckt!» Wenn der Angesprochene dies nicht sofort begriff, wiederholte sie einfach: «ES HAT SEHR GUT GESCHMECKT!» Spätestens dann lächelte die Servicekraft eifrig und nickte heftig, vielleicht auch aus Angst vor dem strengen Blick meiner Oma.

Sprache ist etwas absolut Wunderbares, nicht nur Werkzeug zur Verständigung, sondern in ihrer Vielfalt immer auch Hochkultur. Auch deshalb sind mir Internetportale à la Facebook und Twitter ein Gräuel, weil dort Sprechen auf Morseähnliches reduziert wird, auf sonst nur in Extremsituationen angewendete und nur dort auch sinnvolle Sprache. Sicher, an der Eigernordwand im Schneesturm ruft man den anderen eine möglichst klare Shortmessage zu: «Geht's noch?», und bekommt ein ebenso kurzes «Geht. Ja!» zurück. Auch im Lärm auf einer Dampflokomotive schrie der Lokführer einst möglichst knapp nach weiterer Kohle: «Heinz! Mehr!», und dieser bestätigte: «Kommt!» Wie dieses Schützengrabendeutsch Standard im Internetchat werden konnte, bleibt mir unbegreiflich; tauscht man sich dort doch über das Leben aus und sitzt komfortabel an einem Schreibtisch. Wozu dann ein lapidares: «Wie war Wochenende?» – «Waren im Roxy.» – «Ging was?» – «Nix.» Dies sind wohlgemerkt zwei Fragen und zwei Antworten mit zusammen mal gerade neun Worten. Solche Gespräche sollte man sich meiner Ansicht nach für den Schneesturm an der Eigernordwand aufheben. Mir juckt es in den Fingern, den Gesamttext dieses Buches ins Facebook-Fenster «Was machst du gerade?» einzufügen. Vielleicht brennen dann die Server ab.

Eigentlich ist Sprache ein großes Kunstwerk, an dem alle mitwirken, die sie benutzen. Mit Glück schafft man es, ein Wort beizusteuern. Wie wäre es zum Beispiel mit: SMM – Shortmessage-Müll? Sprache ändert sich mit den Menschen und folgt ihnen, und so ist ein Fehler, den alle permanent machen, irgendwann keiner mehr. Warum? *Weil das so ist.*

Es ist fast unmöglich, alle Untiefen einer Sprache zu erkunden, wenn, tja, wenn es nicht die eigene Muttersprache ist. Wie orientierungslos ist ein japanischer Austauschstudent, der in seiner Frankfurter WG nach einer geselligen Runde sagt: «Ich bin müde, ich möchte schlafen.» Und seine deutschen Kommilitonen antworten: «Ist gebongt, ich mach mich auch lang.» – «Okay, hauen wir uns aufs Ohr.» – «Ich geh pennen.» – «Ab in die Poftüte.» – Ob er ahnt, dass die anderen auch schlafen gehen wollen? Unsere Muttersprache macht einen großen Teil unserer Heimat aus, auch weil in ihr die Lieder gesungen, die Märchen und Geschichten unserer Kindheit erzählt werden. In ihr bewegen wir uns so selbstverständlich wie zwischen Kornfeldern und Kiefernwald. Teilweise merken wir nicht mal, dass wir sie benutzen, so selbstverständlich ist uns unsere Muttersprache, wie Luft. Wir atmen sie ein, wenn wir einen Satz hören, und atmen sie aus, wenn wir sprechen – eine Sprache, in der man jede Ecke kennt, ist fast so überlebenswichtig, wie Luft es ist. Gedruckt öffnet Sprache die Tür zu ganzen Welten.

Ein Buch besteht eigentlich nur aus Papier und schwarzen Buchstaben, mit Umlauten gibt es gerade mal dreißig Zeichen im deutschen Alphabet, und dennoch: Mal so, mal so aneinandergereiht, können sie im Kopf der Lesenden ein großes, buntes Bild entstehen lassen, einen zum Lachen und Weinen bringen, unser ganzes Leben wiedergeben. Aber was, wenn die Muttersprache einen nicht mehr umgibt? Man muss ein Buch wie dieses nur mal einen Moment auf den Kopf drehen und versuchen, es wie gewohnt von oben links nach unten rechts zu lesen, um einen Eindruck davon zu bekommen, was Migranten sehen, wenn sie in einem fremden Land ankommen und auf Zeitungen am Kiosk blicken oder gar ein Buch aufschlagen: Zeichen ohne jeden Sinn. Eigentlich müssten wir alle mehr Fremdsprachen lernen, um diese Hürden zu überwinden. Menschen, die viele Sprachen sprechen, nennt man multilingual. Menschen, die zwei Sprachen sprechen, bilingual. Es gibt aber viele, die nur eine Sprache sprechen, und die nennt man – Franzosen. Auch darum machen sie am liebsten Urlaub am heimischen Mittelmeer. Zwei Freundinnen von Valérie waren im letzten Sommer ausnahmsweise woanders, in Australien, die Sprachkenntnisse der beiden Frauen aus Grenoble beschränkten sich ohne Übertreibung auf «Yes» und «No». Der Besuch «Down under» muss sich für sie so exotisch angefühlt haben wie für deutsche Austauschschüler eine Stippvisite bei den Yanonami-Indianern im brasilianischen Regenwald. Aber was, wenn eine solche Reise kein Urlaub, sondern eine Reise ohne Rückfahrticket ist?

Wie sehr man die Sprache vermissen kann, mit der einen einst die eigenen Eltern vertraut gemacht haben, als man noch auf dem Wickeltisch lag, mussten all jene bitter erfahren, die ab 1933 vor den Nazis nach Amerika geflohen oder von ihnen aus ihrer Heimat vertrieben worden waren. Besonders gut dokumentierten dies die Intellektuellen, Wissenschaftler und Künstlerinnen, vor allem, wenn sie wie die Literaten Thomas und sein Bruder Heinrich Mann Sprachkünstler waren. Zwar konnten sie Englisch lernen, es reichte für eine Konversation, Briefe und Vorträge, aber die sprachliche Tiefe, die fürs künstlerische Schreiben erforderlich ist, kann man sich nicht mal eben aneignen. Natürlich hätte man Bücher übersetzen lassen können, aber für wen schrieb man fortan, wenn es bis dahin hauptsächlich das deutsche Publikum gewesen war? Für die paar Schweizer, die im Gegensatz zu den Deutschen und ans Reich angeschlossenen Österreicher noch frei entscheiden konnten, was sie lesen wollten? Daheim waren die Bücher der Manns verboten, in Amerika interessierte sich kaum jemand für sie, selbst wenn sie übersetzt wurden. Nicht nur Schriftsteller, auch Wissenschaftler haderten mit der ungewohnten Umgebung. Der Soziologe Theodor W. Adorno fand zwar am *Institute for Social Research* in New York eine neue Wirkungsstätte, lehrte und schrieb auf Englisch, aber nicht immer. Für einige Arbeiten bevorzugte er weiterhin Deutsch, gelangte sogar zur Auffassung, dass Englisch nicht die Sprache sei, um komplexe Theorien zu beschreiben. Umgekehrt warfen US-Studenten nicht nur ihm, sondern auch anderen Wissenschaftsemigranten eine gestelzte Sprache vor. In den Staaten war man es gewohnt, Dinge klar und einfach zu benennen.

Bertolt Brecht erwiderte das Desinteresse an seiner Person und seinem Schaffen mit Gleichgültigkeit. Während seiner Jahre in den USA schrieb er nur ein einziges neues Stück. Als «Lehrer ohne Schüler» soll er sich bezeichnet haben. Er und viele andere deutsche Flüchtlinge schafften es nicht, den gesellschaftlichen Code der Amis zu knacken, ein tieferes Verständnis für ihre Kultur zu erwerben. Die Sprache wäre der Schlüssel dazu gewesen. Man hockte zusammen, lamentierte über heute und damals, die Heimat und die Fremde und wartete auf eine Möglichkeit, nach Hause zu fahren. Brecht nutzte sie 1948 und zog zurück nach Ostberlin.

Musiker, so scheint es, hatten es in der Fremde viel leichter, ihren Beruf auszuüben. Wer in München Klavierunterricht gegeben hatte, der konnte dies ebenso gut in Los Angeles tun. Musik ist eine internationale Sprache, davon profitierten alle Instrumentalisten. Auch Komponisten? Arnold Schönberg kam in den USA zwar als Professor unter und erlebte dort eine sehr ergiebige Schaffensperiode. Doch der Urheber schwierigster Klassikstücke und Erfinder der Zwölftonmusik, die für harmoniegewohnte Ohren zunächst einem Riss im Trommelfell gleichkam, schien wie ein Alien aus einer fernen Musik-Galaxie in den USA gelandet zu sein. Doch dank der Offenheit der Amerikaner erfreute sich Schönberg bald vieler neuer Fans, nahm die amerikanische Staatsbürgerschaft an und blieb bis zu seinem Tod in den Staaten. Noch erfolgreicher fügte sich Kurt Weill in die neue Heimat ein. Für Brecht, der in den USA mehr oder weniger nur Däumchen drehte, hatte er schon 1928 in Berlin erfolgreich die Dreigroschenoper vertont, in Amerika gelang es ihm, Musik zu komponieren, die den Geschmack der Amerikaner vollends traf, auch den der schwarzen Amerikaner. Weill ließ sich nach einiger Zeit einen US-Pass ausstellen, und als ihn zwölf Jahre später das Magazin *Life* als deutschen Komponisten bezeichnete, protestierte er. Amerikanischer Staatsbürger sei er und damit ein amerikanischer Künstler, basta. Der schwarze Dichter Lanston Hughes sagte daraufhin, wenn Kurt Weill sich schon als amerikanischer Künstler bezeichnen würde, könne er Weill auch als Schwarzen bezeichnen. Ist doch cool, wenn man sich so verwandeln kann.

Auch Udo Lindenberg sagte einmal, er sei da zu Hause, wo er seinen Hut hinhängt – meist hängt dieser allerdings auf einem Haken im Hamburger *Hotel Atlantic*. Der Musiker singt und dichtet in seiner Muttersprache. Was aber soll man machen, wenn man weggejagt wird? Udo Lindenberg in Los Angeles, *dubidubidu?* Letztlich blieb vielen während des Nationalsozialismus keine Wahl.

Es gab auch Emigranten, die wegen ihrer Vertreibung durch die Nazis innerlich so verletzt waren, dass sie fortan nie wieder ein Wort Deutsch sprachen – ihre Herkunft zu vergessen, mag ihnen indes nicht gelungen sein. Mit der Beziehung zur Heimat ist es wie mit der zu den eigenen Eltern: Sie kann gut oder schlecht sein, aber es ist nicht möglich, in keinerlei Verhältnis zu ihnen zu stehen.

Hannah Arendt ging mit ihrer Muttersprache nachsichtig um. Auch sie verbrachte den Rest ihres Lebens in New York, trotzdem blieb die deutsche Sprache für die Philosophin geistige Heimat – selbst nach dreißig Jahren im Ausland. «Es war ja nicht die Sprache, die verrückt geworden ist», ließ sie den Journalisten Günter Gaus 1964 in einem Fernsehinterview wissen. Bei einem Besuch in der jungen Bundesrepublik war sie angesichts der deutschen Stimmen in Cafés, Geschäften auf Straßen und Parks so gerührt, dass sie weinen musste.

Andere kamen über den Verlust der Heimat nie hinweg. Der österreichische Schriftsteller Stefan Zweig landete in Brasilien und resignierte. «Ich bin erschöpft durch die langen Jahre heimatlosen Wanderns, nachdem die Welt meiner eigenen Sprache für mich untergegangen ist und meine geistige Heimat Europa sich selbst vernichtet.» 1942 nimmt er sich in Brasilien das Leben.

Wer stärkere Nerven hatte, wartete, bis der Spuk in Deutschland vorbei war, wer noch mehr Kraft aufbrachte, arbeitete auf der Seite der Guten. So zum Beispiel Thomas Manns Sohn Klaus, der in die US-Armee eintrat und den Alliierten bei der psychologischen Kriegsführung zur Seite stand. Er verfasste deutsche Flugblätter und machte Lautsprecherdurchsagen in Richtung deutscher Front in der Hoffnung, dies könne die Soldaten der Wehrmacht zur Vernunft bringen. Marlene Dietrich gab viele Konzerte für die Alliierten, zog sogar mit den Truppen zurück auf deutsches Gebiet. Sie habe ihre Heimat verraten, warfen ihr später einige Deutsche vor, dabei war es genau andersherum, sie hat ihre Heimat nicht aufgegeben.

Einige Dichter entschieden sich, in dieser Zeit in Deutschland zu bleiben, trotz allem. Und dieses «trotz allem» bedeutete in einigen Fällen eine ganze Menge. So wie bei Erich Kästner. Sein Leben war zwar nicht bedroht, aber er wurde mit einem Publikationsverbot belegt und musste mit ansehen, wie die Nazis seine Bücher bei den Bücherverbrennungen ins Feuer warfen. Eine Erklärung, warum er nicht emigrierte, liefern die folgenden Zeilen, die er damals schrieb:

Ich bin ein Deutscher aus Dresden in Sachsen.
Mich lässt die Heimat nicht fort.
Ich bin wie ein Baum, der – in Deutschland gewachsen –
wenn's sein muss, in Deutschland verdorrt.

Mit der Muttersprache ist es wie mit der Heimat: Solange sie einen umgibt, fällt sie nicht groß auf, erst wenn sie weg ist, vermisst man sie.

Völlig reaktionärer Heimatschutz und vor allem völlig unnötig sind jedoch Versuche, die deutsche Sprache vor dem Einfluss anderer Sprachen, besonders vor Anglizismen, zu schützen. Sprachen brauchen keinen Schutz – sie lebendig zu halten und feiner alter Wörter zu gedenken ist dagegen redlich. Mich dünkt, wer angesichts englischer Begriffe im Deutschen stehenden Fußes Fracksausen bekommt, ist eine Knallcharge, ein Einfaltspinsel – ich merke gerade, wie ich auf den Geschmack komme. Sprachen haben sich von jeher befruchtet, meist gewinnt der treffendste Ausdruck, und das Englische bringt vieles schneller auf den Punkt. Was machen eigentlich diese ganzen Deutschschützer, allen voran der besonders eifrige Sprachoffizier Wolf Schneider, wenn sie gewahr werden, dass das Deutsche nicht nur vom Englischen, sondern auch vom Französischen und – in Zeiten von Al Kaida besonders alarmierend – Arabischen unterwandert ist? Eine neue Verschwörung, die wir noch nicht mal bemerkt haben. Wer sich für einen *Gourmet* hält und im *Restaurant* beim *Dessert* *couragiert* das *groteske* Sprach*debakel* mit Beispielen untermauert, sich *echauffiert* über unsere *Blamage* und die *Sabotage* durch die Briten, hat hier eine ganze Handvoll französischer Begriffe, die wir benutzen, ohne gleich von der Frankophonisierung des Deutschen zu faseln. Kommt der Sprachschützer erst mal wieder runter, trinkt auf seiner *Matratze* eine *Tasse Mokka* mit *Sirup* aus einer *Karaffe*, spielt *Schach* oder holt seine *Gitarre* aus dem für sie gemachten *Koffer*, hat er einen ganzen Satz voller arabischer Begriffe verwendet, die wir für deutsche halten, selbst wenn er das *Haschisch* weglässt. Und bisher ist dieser Handel mit Wörtern ein gutes Tauschgeschäft gewesen, auch die Briten bedienen sich schließlich deutscher Wörter, wenn diese bezeichnender sind als die eigenen. Leider gehört zu den von uns exportierten Wörtern auch Unschönes: *Angst*, *Berufsverbot*, *Blitzkrieg*, *Führer* und *Müsli*. Vor allem die letzten drei sind Ausdruck von Totalitarismus, doch zum Glück greifen die Briten auch auf Vokabular zurück, das eine ganz andere Seite der Deutschen zeigt: *Gemütlichkeit*, *Kindergarten* und *Bretzel*. So lässt es sich schon besser leben. Man sieht, für was wir Deutschen zu verschiedenen Zeiten berühmt waren. Für eine gepflegte Kaffeepause, die Finnen als *Kaffepaussi* übernommen haben, Russen sprechen von *Zeitnot*, Franzosen entdeckten *le waldsterben* so spät, dass sie gleich unseren Begriff übernahmen, die Spanier adoptierten die *Weltanschauung*, und im Niederländischen spricht man sogar von *Heimat*.

Muttersprache macht ein großes Stück unserer Kulturtorte aus. Sie ist viel mehr als nur Werkzeug der Verständigung. Kinderlieder, Abzählreime, Aphorismen und Idiome: Wer tanzt in unserm Haus herum? Der Bi-Ba-Butzemann. Was währt am längsten? Ehrlich. Und was sollte man nicht ins Korn werfen? Die Flinte. Ist doch logisch, aber nur für und bei uns. Die früheren Exilanten und auch die heutigen Freiwilligen, die vom TV-Sender VOX für ihre Auswanderersendung überredet wurden, eine Currywurstbude in Vancouver zu eröffnen, eine Skischule in Thailand oder eine Tauchschule in Murmansk, mussten und müssen wieder bei null anfangen. Schon in Frankreich bricht die sprachlich gewisse Welt der Muttersprache in sich zusammen, ein Kartenhaus, mehr nicht. Denn die Kuh macht dort nicht *muh*, sondern *möh* (*meuh!*), der Hund *wuff* (*wouf!*) statt *wau* und ein Hahn – nicht nur der, der als *Coq au vin* enden wird – keinesfalls *kikiriki*, sondern *cocorico!* Es macht Spaß, mit Franzosen über diese Laute zu streiten, am besten, wenn man den Tieren gerade zuhören kann. Wer hat recht? Ein Hund, der *wuff* macht, ist doch geradezu lächerlich, ist ein Fiffi, ein Schoßhündchen, wenn nicht sogar ein Bettvorleger. Ein was? Und schon geht es wieder los.

Wie wenig man von Muttersprache begreifen kann, beschreibt Elke Heidenreich vortrefflich in einer Erzählung. Die Mutter der Protagonistin berichtet nach einer Seniorenreise mit dem Bus nach Frankreich begeistert von den dortigen Kindern. Sie sprächen fließend Französisch. Wie war das nur möglich, fragt sich die Alte. Weil es ihre Muttersprache ist, gibt die Tochter zu bedenken. Aber trotzdem, beharrt die alte Dame, noch so jung und schon fließend Französisch, alle Achtung!

Unsere Muttersprache haben wir wie Muttermilch aufgesogen. Deshalb führt uns unsere sprachliche Heimat immer zu unserer Kindheit. Die Frage nach unserem Woher kann nur mit ihr beantwortet werden. Wenn alles gut gelaufen ist, als wir laufen lernten, haben wir am Ort unserer Kindheit Wurzeln schlagen können und verbinden mit ihm und allem, was uns dort umgeben hat, für immer ein warmes Gefühl.

↗

Fällt er in den Sumpf

«Heimat ist immer noch Sehnsucht nach der Kindheit.»

HEINRICH BÖLL

Kindheit ist im besten Sinne das, was Heimat sein sollte und umgekehrt. Ein Ort, an dem man zu jeder Zeit und bedingungslos willkommen ist, heiter und beschützt. Auch meine Eltern haben damals alles Schlimme von mir ferngehalten, selbst den *Tatort*. Kaum erschallte die Titelmelodie, erschienen abwehrende Hände auf nassem Asphalt und laufende Füße auf dem Fernsehbildschirm, musste ich *sofort* ins Bett. Manchmal hörte ich noch einen Schuss, denn der Mord fand immer am Anfang der Folge statt, schließlich musste der Fall bis zu ihrem Ende aufgeklärt werden. Die Panik meiner Eltern angesichts dieses Trailers führte dazu, dass ich bis heute einen leicht erhöhten Puls bekomme, sobald ein Tatort mit ebendieser Melodie beginnt.

Auch bei der Sendung *Aktenzeichen XY ungelöst* musste ich den Platz vor dem Gerät verlassen, ehe die erste Fallbeschreibung zu einem Verbrechen führte: «Die neunzehnjährige Stefanie Glockner versuchte am fünften April kurz nach Mitternacht von Osterode nach Seesen zu trampen» – mehr bekam ich nicht mit. Im Bett malte ich mir aus, was dann Schlimmes passiert sein musste. Vielleicht hatten ihre Eltern doll geschimpft, weil sie so spät nach Hause kam? Abgründigeres lag jenseits meiner Vorstellungskraft – und das war gut so. Lange konnte nichts die bunten Bilder meiner 70er-Jahre-Kindheit trüben, die für mich bis heute für absolute Unbeschwertheit stehen. All die Sommerferien an deutschen Seen, deren Ufer man in diesem sehr amerikafreundlichen Jahrzehnt noch mit dem Auto erreichte. Beim Essen an der offenen Heckklappe unseres Opel Rekords gab es hartgekochte Eier und Wurstbrote, dazu wurde Capri-Sonne gereicht, die – wenn man den letzten Schluck durch den Strohhalm saugte – ein schlürfendes Geräusch verursachte. Wir froren am Schilfgürtel im Wind und sprangen doch immer wieder in das schwarze Wasser. Zunächst zeugte nur das Geschirr von der Begeisterung dieses Jahrzehnts für klare Formen und schrille Farben, man war längst nicht so epochengetreu eingerichtet, wie dies im Nachhinein gerne erinnert wird. Neue orangene Lampen hingen über dem Tisch aus den 50ern, der neben dem Schrank aus der Biedermeierzeit stand. Wenn ich in der Wohnung meiner Großeltern war, trug mich mein Opa auf dem Arm, stieß dabei mit dem Fuß gegen eine Tür und tat so, als habe er sich am Kopf gestoßen. Das Geräusch und sein Zurückschrecken mit schmerzverzerrtem Gesicht, begleitet von einem lauten *Ohhh!!!*, waren gut getimt. Ich kringelte mich vor Lachen und wartete gespannt auf die nächste Kollision. Aber meist saß Opa auf dem Sofa. Am Sonntag kam der politische Frühschoppen mit Werner Höfer im Fernsehen. Er interviewte Journalisten. Ich verstand nicht, was sie sagten, aber ich sah, wie stark sie rauchten, manchmal schien einem das Bild weich gezeichnet zu sein, weil die Kamera durch einen Nebel aus Qualm filmte. Und auch vor dem Fernseher bildeten sich Rauchschwaden, denn natürlich rauchte mein Opa ebenfalls. Alle Erwachsenen rauchten damals, die meisten von ihnen Zigaretten, mein Opa Stumpen. Ich saß dabei auf dem Sofa, schaute zu, wie mein Opa zuschaute und ab und an aufschreckte, wenn ihm etwas nicht gefiel, er nicht einverstanden war mit dem, was die Leute im Fernsehen sagten. Dann schimpfte er kurz und wippte noch eine Zeit auf und ab, denn sein Sessel hatte große Sprungfedern.

Abends schnitt mir meine Mutter die Rinde vom Brot, legte Bierschinken darauf und gab mir kalten Hagebuttentee oder Milch zu trinken, die aus einem Schlauch geschüttet wurde. Der Tetrapak war noch nicht erfunden, und bei Edeka waren im Berg weißer Milchtüten stets schon welche geplatzt – oder sie platzten auf dem Heimweg. Spätestens, wenn man versuchte, zu Hause mit der offenen Seite ein leeres Glas zu treffen, verschüttete man etwas. Meist trank ich aus Senfgläsern. In denen war natürlich kein Senf mehr, aber nach ihrer Zeit als Senfgefäß wurden sie gespült und fortan für Milch und Tritrop benutzt. Wenn die Tagesschau begann, machten die Erwachsenen *pscht!*, weil Nachrichten wichtig waren und man leise zu sein hatte. Ich guckte mir das ab, und so hörte man bald auch von mir, kaum dass der Gong die Sendung eröffnete, ein ernstes: *Pscht!*

Eine schöne Zeit, vor allem, weil ich keine Ahnung hatte, was in der Tagesschau und im *Abendblatt* berichtet wurde. Ich erfuhr erst als Erwachsener, welche Dramen und Katastrophen sich während meiner Kindheit abgespielt hatten. Wie staunte ich, als ich später realisierte, dass dieses Jahrzehnt mit dem ebenso sinnlosen wie blutigen Vietnamkrieg, dem Geiseldrama bei den Olympischen Sommerspielen in München, den Anschlägen der RAF, der Landshut-Entführung und nicht zuletzt einem Kalten Krieg, bei dem Ostblock und Nato Tausende von Atomraketen auf unser kleines Land gerichtet hatten, alles andere als eine unbeschwerte Zeit war. Und dabei sind Erdbeben, Hungersnöte und andere Katastrophen nicht mal mitgezählt. Eigentlich geht es Deutschland heute besser. Das Land ist friedlich vereinigt, die Feinde von einst sind unsere Freunde, und die letzten nicht gefassten RAF-Terroristen haben der Gewalt abgeschworen und arbeiten höchstwahrscheinlich irgendwo als Lehrer im Staatsdienst.

Sicher, ich erinnere die uns verfolgenden Ferngläser der DDR-Grenzsoldaten, aber ich dachte mir nichts dabei, wenn wir am Strand der Elbe im Wendland grillten und in ihrem öligen Wasser ein Bad nahmen. Es war damals unglaublich dreckig, flossen doch aus dem Osten die Abwässer der Chemiewerke der DDR hinein – wahrscheinlich konnte man Fotos darin entwickeln. Doch das Wort Umweltverschmutzung war noch nicht in aller Munde. Viel gefährlicher war es, von einer der Kühe besucht zu werden, deren Weide bis an das Wasser reichte. Sie waren mitunter recht angriffslustig und versuchten, die Picknickdecke zu fressen. Am besten hielt man nach einem kuhfreien Strandabschnitt Ausschau, aber da man in jedem Fall über einen Zaun klettern musste, um ans Ufer der Elbe zu gelangen, konnte man sich nie sicher sein, ob man nicht gerade einen Weidezaun passiert hatte. Kaum tauchte eine Kuh auf, wurden wir panisch, und ich beobachtete vom Arm meiner Mutter aus, wie mein Vater versuchte, die Kuh mit lauten Rufen und einem Ast zu vertreiben.

Alle paar Jahre schwamm eine dieser Kühe hinüber zum anderen Ufer und wurde von den Grenztruppen der DDR festgenommen, das stand zumindest in der *Elbe-Jeetzel-Zeitung*. Dann musste die Bundesrepublik sie auslösen, und der zuständige Bauer konnte die Kuh am weit entfernten Grenzübergang in Lauenburg Monate später wieder abholen. Vielleicht gab es dort eine Art Glienicker Brücke, diesen berühmten Austauschpunkt für Spione aus Ost und West in Berlin. In Lauenburg wurden eben Kühe statt Agenten ausgetauscht, und dann trotteten sie aneinander vorbei durch den Nebel zurück ins eigene Lager, wer weiß. Denkbar, dass auch mal eine aus der DDR rübermachte. Sicher war das Gras im Westen saftiger.

Haften blieb bei mir aus jener Zeit nur Gutes, dazu gehörten für mich auch die gelben Telefonzellen mit dem Aufkleber *Ruf mal wieder an*. In ihnen wurde ich hochgehoben und durfte die Münzen in den Schlitz werfen, der sie laut hin und her rollen ließ. Es gab noch Ferngespräche, so nannte man es, wenn man in einer anderen Stadt anrief. Dann musste man etwas lauter sprechen, damit es die Wörter durch die lange Leitung auch bis zum Ziel schafften. Zum Beispiel bis zur Oma. Und wenn der Opa abnahm, drehte er sich zu ihr um und rief: «Schnell, Martha, ein Ferngespräch!»

Bis heute sind die 70er Jahre für mich von einer zauberhaften Leichtigkeit umgeben. Als die Geiseln in der *Landshut* in einem nichtklimatisierten Flugzeug der Lufthansa auf dem Flughafen von Mogadischu eine Ewigkeit nicht wussten, ob sie überleben würden, versuchte ich auf dem Geburtstag eines Freundes beim Topfschlagen mit verbundenen Augen und einem Kochlöffel eine umgedrehte Kasserolle zu finden. Die anderen Kinder riefen derweil «heiß» oder «kalt» und lachten, wenn ich in der falschen Richtung suchte und jemandem auf den Fuß haute. Während der islamischen Revolution im Iran reisten wir an den Gardasee, wohnten inmitten von bunten Campingmöbeln und aßen von Plastiktellern eine heute längst vergessene Torte, die in ihrer Buntheit perfekt in dieses Jahrzehnt passte. Für sie wurden Dosenfrüchte, Pfirsichhälften und in Scheiben geschnittene Bananen auf einen fertigen Tortenboden vom Supermarkt gelegt und mit Gelatine überzogen.

Meine Eltern fuhren mit uns Ende der 70er oft in ein Ferienhaus ins Wendland, manchmal die gesamten sechs Wochen der Schulferien. Am Ende der Ferien wusste ich manchmal nicht mehr genau, wie unsere Hamburger Wohnung aussah, waren wir doch *sooo* lange weg gewesen. Ferien sind sowieso besser als Urlaub. Ihn muss man nehmen, beantragen, einteilen. Ferien sind einfach da, vor allem die großen. Das Ferienhaus lag im Gartower Forst, einem Wald, dem das Dorf Gartow seinen Namen gegeben hat. Fuhr man eine lange Eichenallee entlang über Felder und durch wiederum viel Wald in den nächsten Ort, war man in Gorleben. Hier gab es einen winzigen Laden, den Supermarkt *Stecher*. Frau Stecher saß an der Kasse, Herr Stecher sortierte Ware in die Regale, und ich fischte in der Gefriertruhe nach Cola-Eis. Oft saßen meine Eltern und ich gegenüber in der *Konditorei Kühne* an runden Plastiktischen; die Großen bestellten Kaffee und Butterkuchen, und ich wartete, bis mein Cola-Eis geschmolzen war, damit ich es trinken konnte. Damit war lange alles über Gorleben gesagt. Es war so wenig los, dass meine Mutter bei *Stecher* immer einen Blick auf das Verfallsdatum der Milch und selbst der Schokolade warf, denn wer wusste, wie lange sie schon da lagen. Doch bald kamen immer mehr Leute nach Gorleben zu *Stecher*, lag weder Schokolade noch sonst irgendetwas lange im Regal, reichten die Brötchen bei *Kühne* nur wenige Stunden, so viele Kunden überfluteten plötzlich den Ort. Sicher, einige Erwachsene, auch aus den anderen Ferienhäusern, fuhren auf einmal ganz wichtig irgendwohin, wollten «mal sehen, was da so los war», und einmal flog sogar ein Hubschrauber über die Lichtung. Doch wir, die anderen Ferienkinder und ich, waren ganz in unsere Welt ausladender Spiele versunken. Schien die Sonne, zogen wir mit Bollerwagen, Schubkarren und Fahrradanhängern in den Wald und spielten Campen. Mehr als einmal bauten wir ein Baumhaus, vielmehr einen aus Ästen, Zweigen und einer Plane konstruierten Unterschlupf, stets mit der festen Absicht, dort zu übernachten. Und unsere Eltern erlaubten uns, Schlafsäcke und Taschenlampen dort hinzubringen, und lachten uns nicht aus, wenn wir uns letztlich viel zu sehr gruselten, um unseren Plan durchzuziehen. Wie man richtige Baumhäuser baut, hätte ich im nur wenige Kilometer entfernten Hüttendorf der Atomkraftgegner sehen können, aber auch, wie 10 000 Polizisten mit Bulldozern diese Hütten abrissen. Hinter «unserem» Wald sollte ein Atompark von gigantischen Ausmaßen errichtet werden, mit einem Kraftwerk, einem Zwischen- und Endlager und einer Wiederaufarbeitungsanlage. Die Erwachsenen unterhielten sich zwar darüber, mal besorgt, mal erregt, aber uns ließen sie in unserer kleinen heilen Welt, schließlich waren wir Setzlinge, die erst noch ausschlagen mussten. Wenn die Sonne schien, stromerten wir umher, wenn es regnete, spielten wir *Kniffel*, *Mau-Mau* oder Verstecken auf dem Dachboden. Und als ich eine Ahnung davon bekam, was da draußen alles passierte, war meine Kindheit vorbei.

Das Leid der Welt erfährt man früh genug. Als Kind hat man keine Verantwortung. Übernimmt man aber Verantwortung – und damit ist nicht die Verantwortung für ein Meerschweinchen gemeint –, ist man erwachsen und hoffentlich in einem Alter, das zu dieser Verantwortung für eigene Kinder, aber auch für Freunde, Schüler, Studenten, Mitarbeiter oder Kollegen passt. Für sechzehnjährige Mädchen kommt die Verantwortung für ein eigenes Kind zu früh. Meist nehmen sie an diesem Umstand ein wenig Schaden, werden verhärmter und resignierter. Täglich müssen sie ihre Fähigkeiten unter Beweis stellen, sich kontrollieren, allesamt Anstrengungen, die Erwachsene Tag täglich in ihrem Leben zeigen müssen. Umso größer wird die Sehnsucht nach einem Ort, an dem sie sie selbst sein können, an dem man sich eben nicht beweisen muss, weil man so angenommen wird, wie man ist. Hier kann man sich fallen lassen, herumtollen, Blödsinn machen, hier ist Heimat. Es ist gut, wenn man an einen solchen Ort immer zurückkehren kann. Bis heute ziehen mich Fernsehserien magisch an, die ich gesehen habe, als meine Füße noch nicht auf den Boden reichten, wenn ich auf dem Sofa saß. Kleidung, Musik, Möbel und Autos jener Zeit verströmen für mich eine Unbeschwertheit, die mich augenblicklich in Tiefenentspannung versetzt. Und wenn man sich vergegenwärtigt, dass so Kindheit idealerweise sein sollte, ausgelassen, sorgenfrei, erfüllt von Zuneigung, kommt man dazu, was auch Heimat auszeichnet: Sie ist der Ort, an dem man immer willkommen ist, an dem man sich nicht verstellen muss.

Aber was, wenn man diesen Schonraum nie hatte? Die eigene Kindheit eher zum Weglaufen war, die Eltern keine Beschützer? Einem als Junge, der sich in Jungen statt in Mädchen verliebte, das niederbayerische Dorf zur Hölle wurde, einem als Mädchen, das kein Mädchen sein wollte, die Mitschüler in Nordfriesland das Leben schwermachten?

Hannah Arendt sagte einmal, zur Heimat gehöre, Wurzeln zu schlagen. Wo wir diese schlagen, bestimmen wir allerdings selbst. Wichtig ist dabei eines: es überhaupt irgendwo zu tun.

Wer Hals über Kopf abgehauen ist, ob aus dem Haus der Eltern, seiner Kindheit und Jugend oder dem erbärmlichen Kaff, in dem man wegen ein paar Dreadlocks ausgegrenzt wurde, kann leicht auf den Gedanken kommen, dass Heimat die unerträglichen Zustände sind, aus denen man kommt. Und Heimat deshalb etwas ist, das man gut entbehren kann, so, wie man auch nie wieder gegen einen elektrischen Weidezaun pinkeln oder nie wieder in kalter Winternacht mit der Zunge ein Ferngleis berühren muss. Wer mit Heimat sogar einen Ort erinnert, an dem man verhöhnt und gedemütigt wurde, geschlagen und missbraucht, für den scheint es nur logisch, dass sie etwas Schlechtes ist. Die Wahrheit ist, wer solches erleben musste, hat nie eine Heimat gehabt. Wer das Zuhause, an dem man bedingungslos angenommen und getragen wird, nicht kennenlernen durfte, sich nie fallen lassen konnte, nie beschützt wurde, muss vielmehr auf Wanderschaft gehen, dieses Zuhause noch finden. Vielleicht in einer fremden Umgebung, vielleicht in der Großstadt unter Gleichgesinnten, vielleicht in einem anderen Land, so wie Kurt Weill in den USA.

Schön, wenn das Fleckchen Erde, auf dem wir wuchsen, uns Kraft für das ganze Leben gibt und immer wieder Ausgangspunkt unserer Geschichte ist. Heimat sollte ein solcher Ort sein, sie ist es aber für einige nicht. Kindheit kann, muss aber nicht Heimat sein, so traurig dies ist. Auch ein geliebter Mensch enttäuscht und verletzt uns vielleicht sehr. Der Entschluss, deswegen nie wieder zu lieben, ist genauso falsch wie jener, auf Heimat zu verzichten, weil die eigene keine war.

↗

Muss Deutschland sterben?

«Wir wissen nicht, wer wir sind,
das ist die deutsche Frage.»

DOLF STERNBERGER

Es ist derzeit Mode, die Generation der 68er für alles verantwortlich zu machen, was in diesem Land schiefgelaufen ist. Die Aufarbeitung dieser Zeit wird mit Inbrunst vorangetrieben, ja mit solcher Schonungslosigkeit, dass ich fast denke, wäre der Faschismus ähnlich zeitnah und energisch hinterfragt und bewältigt worden wie das Kapitel «68er», hätte es gar keine 68er gegeben. Diese antiautoritäre Bewegung wurde in jenem berühmten Jahr, das fortan ihre Chiffre wurde, geboren, als es in Deutschland zu massiven Studentenprotesten kam. Sie entwickelte sich mit der Zeit weiter, teilte sich in verschiedene Strömungen auf, in die Friedensbewegung, die Atomkraftgegner bis hin zu den Terroristen der RAF. Auch die Gründung der grünen Partei ist eine Fortsetzung dieser Bewegung. Sie ist schnell in die Landtage gewählt worden, bald in den Bundestag und war ab 1998 erstmalig in der Bundesregierung.

Gerade die bis 1968 nicht stattgefundene Aufarbeitung des Dritten Reichs wurde von den kritischen Studenten eröffnet und mit Nachdruck betrieben. Dabei wurde ihnen schnell klar: Heimat war etwas Reaktionäres, sie gehörte auf den Müllhaufen der Geschichte. Die Verbundenheit mit der Heimat musste überwunden werden, nachdem Menschen so oft bereit waren, für sie in den Krieg zu ziehen. Aber warum gab es gerade in unserem Heimatland so wenig Aufrechte und so viele Täter und Mitläufer? Die Frage wird nie ganz beantwortet werden können. Tatsächlich hat es im deutschen Faschismus im Gegensatz zu dem in Italien, Spanien oder auch besetzten Frankreich fast keinen Widerstand gegeben, und auch jener Zündsatz, den der Oberst Stauffenberg 1944 unter Hitlers Kartentisch in Ostpreußen zündete, war zu schwach. Der Diktator wurde praktisch von der Tischplatte gerettet. Es handelte sich eben um einen deutschen Tisch aus massivem Eichenholz, handgeschreinert mit neun Zentimeter dicker Platte obendrauf. Sie hat die Detonation abgemildert. Hätte es damals schon Ikea gegeben, Hitler wäre an vierhundert Gramm Inbusschrauben krepiert ...

Vor kurzem wurde das Drama um das fehlgeschlagene Attentat verfilmt, und auch die Dreharbeiten selbst gerieten zum Drama. Tom Cruise sollte Stauffenberg verkörpern, und ein Aufschrei ging durch deutsche Medien. Darf denn so einer eine solche Rolle überhaupt spielen? Ich finde, die Besetzung passte ganz gut, schließlich kennt sich Cruise mit totalitären Systemen aus. (Übrigens bekam ich für diese harmlose Pointe, nachdem ich sie einmal in meiner Vorstellung erzählte, einen langen Brief aus der Europazentrale in Kopenhagen.) Der Schauspieler hoffte mit der Stauffenberg-Rolle auf einen Oscar, den er letztlich jedoch nicht bekommen hat. Ich finde zu Recht, denn das Attentat scheitert auch unter Cruise. Wie konnte ihm das nur passieren, ihm, der in vier Folgen von *Mission Impossible* bewiesen hat, dass er, wenn er wirklich will, alles hinbekommt?

Inzwischen gehören das Gedenken und die Auseinandersetzung mit den Abgründen dieser Zeit zu den Grundwerten des

Deutschlands von heute. Und natürlich wird beides mit der uns typischen Gründlichkeit, die gerne auf Abwege gerät, durchgezogen. Nach dreizehn Jahren Planung gibt es in Berlin seit 2005 ein zentrales Denkmal für die ermordeten Juden Europas, ein großes Feld mit hohen und niedrigen Stelen aus Beton. Das beabsichtigte Gedenken indes stellt sich bei den meisten Besuchern, vor allem Schulklassen, nicht ein. Denn die Entscheider gaben, nach einem endlosen Auswahlverfahren, jenem Entwurf den Vorzug, der nicht nur bei Jugendlichen, sondern auch bei Erwachsenen, kaum dass sie im Stelen-Labyrinth verschwunden sind, den dringenden Wunsch auslöst, Verstecken zu spielen: «Huhu!», «Hasch mich!» und «Hier bin ich!» schallt es aus den Gängen, und alles läuft fröhlich hin und her. Außerdem lässt es sich vorzüglich von Stele zu Stele hüpfen, ein großer Spielspaß für Jung und Alt. Aber wen wundert es, wenn man ein Mahnmal als Hüpfburg konzipiert, dass die Leute darauf herumhüpfen? Umso mehr haben die Wächter zu tun, die Schüler aus Rom und Heilbronn zu ermahnen, sich dem Ort würdevoll zu nähern.

Ein noch eindringlicheres Beispiel für die uns Deutschen eigene Art, bei all dem Gründlichsein den Überblick zu verlieren, ist die Entscheidung der Bauherren gewesen, für den Graffitischutz der Stelen ein Produkt der Firma *Degussa* zu verwenden, deren Tochterfirma *Degesch* früher das Giftgas Zyklon B produziert hatte, mit dem einst die Morde durchgeführt wurden, an die man jetzt erinnern wollte.

Dass sich überhaupt erinnert wird und es eine Auseinandersetzung mit der eigenen Geschichte gibt, ist ein Verdienst der 68er, auch, dass Deutschland heute sympathischer ist als früher. Denn die ehemaligen Studenten sitzen dank des gelungenen Marsches durch die Institutionen in allen Ämtern und machen den Staat menschlicher. Auch ihre antiautoritär erzogenen Kinder sind längst erwachsen und ebenfalls in Schulen und anderen öffentlichen Einrichtungen gelandet, wie zum Beispiel mein Freund Michael. Was fehlt, ist die richtige Einschätzung vom Ende dieses Marsches. Nicht nur Michael, der auf das Grundgesetz vereidigte Lehrer, tut immer noch so, als sei er ein Undercoveragent des Sozialismus, jemand, der das feindliche System unterlaufen hat und hier nun heimlich gegen alle Gepflogenheiten das umsetzt, was er für richtig hält. Tatsächlich haben die 68er und ihre ähnlich tickenden Kinder diesen Staat zu ihrem gemacht. Ausstehen tut nur noch ein ehrliches Bekenntnis dazu, dass dieses Land ihres ist, maßgeblich von ihnen und ihren Werten geprägt, eigentlich ein Happy End. Sie haben unsere Heimat zu einer gemacht, in der wir gerne leben und die in aller Welt geschätzt wird.

Heute verfolgen Linke ihr Engagement gegen Rassismus, für die Integration von Jugendlichen mit muslimischem Migrationshintergrund und für die Förderung von Frauen meistens von bezahlten Stellen aus, die der Staat ausschreibt oder zumindest sponsert. Durch die Schaffung von Begriffen wie *Bildungsarbeit*, *Jugendarbeit*, *Stadtteilarbeit*, *Integrationsarbeit* haben sie zudem viele neue Jobs in einem Bereich geschaffen, der früher einfach nur privat war. Obschon sie zugeben müssten, dass die Manie, an alles Mögliche das Wort «Arbeit» anzuhängen – bis hin zur schon erwähnten Beziehungsarbeit –, selbst ein klitzekleines bisschen deutsch ist. Trotzdem haben diese Begriffe ihre gewünschte Bedeutung erhalten. Zwar könnte man hämisch anmerken, dass es für all jene, die für eine Revolution angetreten waren, ein absolutes Armutszeugnis ist, ausgerechnet beim Feind, nämlich diesem deutschen Staat, den man überwinden wollte, eine Stelle anzutreten. Doch ich glaube, die Linken haben den Staat mehr verändert als er sie. Ihre Werte sind inzwischen in vielen Bereichen Staatsziele geworden. So wie Rio Reiser bei einer Berliner Hausbesetzung einst sang: «Ihr kriegt uns hier nicht raus, das ist unser Haus!», könnten die Linken von damals heute singen: «Ihr kriegt uns hier nicht raus, das ist unser Staat!» Das ist unsere Heimat? Nein, so weit trauen sie sich nicht, aus alter Gewohnheit. Ihr Kampf gegen Abrüstung, die Stärkung der Rechte von Frauen, Behinderten, Ausländern und Homosexuellen hatte durchschlagenden Erfolg. In der 2009 angetretenen Bundesregierung ist eine Frau Kanzler, ein Schwuler Außenminister, ein Rollstuhlfahrer Finanzminister, eine Jugendliche Familienministerin und ein Quasi-Ausländer Gesundheitsminister. Konservative Wähler können sich lediglich mit der Erklärung der Bildungsministerin trösten, sie sei nicht lesbisch. Das wäre ja auch noch schöner!

Was die Etablierung all der Forderungen der 68er betrifft, würde man heute von einem erfolgreichen Agenda-Setting sprechen. Das in diesem Milieu praktizierte kritische Bewusstsein, die Art, sich vermeintlich unpolitischen Themen wie der eigenen Partnerschaft, der Familie, dem eigenen Denken und Handeln wie ein Wissenschaftler zu nähern, nüchtern und analysierend, ist bis heute in den Köpfen eines Großteils der Deutschen zum Dauerzustand geworden. Während der Fußballweltmeisterschaft moderierte ich auf dem Hamburger Heiligengeistfeld auf einer Freiluftbühne das *Public Viewing*, also das öffentliche Auf-eine-große-Leinwand-Schauen. Zwischen den Begegnungen führte ich durch eine Art Rahmenprogramm mit Bands und Comedians, und mir wurde klar, dass sich wegen der schwarz-rot-goldenen Wimpel an den Autos nur Michael und die restliche Mittelschicht so den Kopf zermarterten. Die bis zu 70 000 Fußballfans vor der Bühne waren zum allergrößten Teil keine Intellektuellen, sondern normale Menschen. Die feineren

Leute hatten beim Public Viewing eine niveauvollere Ecke, in Hamburg die Lounge-Terrasse auf dem Dach des großen Bunkers am Heiligengeistfeld, auf dem es sich vortrefflich, über die Meute hinweg, auf die Leinwand schauen ließ. Je nachdem, welche Länder gegeneinander antraten, verwandelte der große Platz sein Farbmuster. Bei jedem Tor wurde oben auf der schicken Terrasse geklatscht und kommentiert, unten führte die Begeisterung zu Tänzen, Gesängen, Tränen und Jubel. Mir schien, die überlegte, permanent reflektierende und nüchterne Art der meisten Intellektuellen, von Künstlern und anderen Besorgten, bringt sie um ein Gefühl, das eigentlich elementar ist, nämlich Empathie. Sich vom Spiel so mitreißen zu lassen, dass man in einem Moment jubelt, im anderen weint, ist ihnen unmöglich. Andererseits muss man angesichts eines Meeres von Menschen, die Deutschlandfahnen schwenken, direkt neben einem alten NS-Bunker, nicht mal eine lebhafte Phantasie haben, um das alles seltsam zu finden. Ist Nüchternheit, Kritik und permanentes Hinterfragen nicht die einzig richtige Haltung, die man einnehmen kann?

Vor einem der Spiele stand ich dort oben mit der Gleichstellungsbeauftragten meines Stadtteils und einem Theaterredakteur. Beide sind wirklich nett, empfingen mich allerdings mit einem etwas angeschlagenen Lächeln. Dieser Ausflug zum Public Viewing war für sie wie die Teilnahme an einer Safari und ihnen offensichtlich ähnlich peinlich, als wenn wir uns zufällig an der Bar eines Saunaclubs getroffen hätten. Was war nur in die Leute da unten gefahren, die schon vor Anpfiff sangen? Der Theaterredakteur brauchte nur einen Halben *Veltliner*, um die Situation zu analysieren. War nicht der Jubeltaumel der Massen, das debile Anschreien einer Leinwand genau der emotionale Grund, auf dem auch Fremdenhass und Nationalismus gedeihen? Ich widersprach. Zwar ist in all den alten Filmdokumentationen aus der Zeit des deutschen Faschismus vor allem der Mob zu sehen, wie er mit Fackeln aufmarschiert, Fensterscheiben jüdischer Geschäfte einschmeißt, Bücher ausgegrenzter Autoren wie zum Beispiel Kästner, Tucholsky und der Manns verbrennt, wie er brandschatzt und prügelt. Die Hetze von Journalisten, die Untaten von Ärzten und Anwälten, die Kooperation von Unternehmern, Großgrundbesitzern und der Kirche mit den Nazis lieferte keine derart gruseligen Bilder und war gleichwohl unheilvoll. Der Faschismus wurde nicht vom Pöbel getragen, sondern von allen gesellschaftlichen Schichten. Auch jene, die Widerstand leisteten und zum Beispiel Juden versteckten, fanden sich in allen Schichten. Gerade in dieser Frage, kam jüngst heraus, stand keine gesellschaftliche Gruppe moralisch besser da als die anderen. Mit einer kleinen Ausnahme: ausgerechnet das Rotlichtmilieu. Auf der Reeperbahn und ihren Seitenstraßen war man schon immer daran gewöhnt, sich an keine Gesetze zu halten. Umso leichter fiel es den dortigen Anwohnern, auch während der Diktatur etwas Verbotenes zu tun und verfolgten Juden Unterschlupf zu gewähren.

Die nüchtern-kritische Grundhaltung ist auch ein Ergebnis des Siegeszugs der 68er in weiten Teilen der Gesellschaft. Olga, eine russische Akkordeonspielerin, die ich im *Schmidt Theater* in Hamburg kennenlernte, sagte mir, sie würde oft zu deutschen Betriebsfeiern und Familienfesten eingeladen, um dort für Stimmung zu sorgen. Dies würde umso schwieriger, je reicher und gebildeter die Gäste waren. Im Übrigen sei es in Russland völlig unnötig, bei einer Feier Künstler einzuladen, die die Stimmung ankurbelten. Sobald Russen an einem Tisch sitzen, werde gefeiert, dass es nur so kracht.

Vielleicht gesellt sich zu diesem kulturellen Unterschied tatsächlich auch einer, der mit der Schicht zusammenhängt, zu der man gehört. Bislang war ich es gewohnt, auf Feiern, gleich, ob ich selbst einlud oder irgendwo hinging, als maximale Erregung ein Stimmengemurmel zu vernehmen. Mehr war nicht drin. Selbst bei völlig informellen Anlässen in der WG-Küche unter Studenten oder später bei den ehemaligen Studenten, die inzwischen Sprecher eines Umweltverbandes oder Ärztin waren. Wir erzählten, nickten, brachten noch einen neuen Gesichtspunkt ein und waren stets gefasst. Erst als ich Valérie kennenlernte, die als Krankenschwester fortan rund die Hälfte der Gäste einlud, merkte ich: Mein Bekanntenkreis – ich eingeschlossen – war außerstande, eine anständige Party steigenzulassen. Es war geradezu grotesk zu sehen, wie auf meinem Geburtstag ein Teil der Gäste bei alkoholfreiem Bier oder einem Gläschen *Rioja* vom Bioweinhändler *Delinat* das mir vertraute Stimmengemurmel in Küche und Flur anstimmte, über das Wasserproblem im Gaza-Streifen und die Lage des Roten Thunfisches im Mittelmeer debattierte, während wenige Meter weiter Valérie, ihre Freundinnen und Kolleginnen immer wieder in lautes Lachen ausbrachen. Dort knallte ein Sektkorken nach dem anderen, und bald wurde zu «Die größten Dancehits aller Zeiten» getanzt. Was nicht heißt, diese Tanz- und Stimmungskanonen interessierten sich nicht für das Leid auf dieser Welt. Die eine hatte ein Patenkind in Somalia, die andere für *Médecins sans Frontières* im selben Land gearbeitet. Sie weinten, wenn sie traurig waren, und lachten und schrien, wenn gefeiert wurde. Bei uns wurde analysiert, gleich, ob sich unsere Gespräche um Politik, Musik, Wein oder Beziehungen drehten. Nur nebenbei schauten wir ins Wohnzimmer, in dem eine Discolampe für schummriges Licht sorgte, Abstand wahrend, wollten wir doch nicht plötzlich zum Tanzen aufgefordert werden.

Der Zwang zu permanenter Reflexion gehört zu den Kollateralschäden der 68er, die uns unsere Fähigkeit zur Empathie gekostet hat. Höchste Zeit, dass mal jemand das kritische Hinterfragen kritisch hinterfragt, und ich freue mich, einer der Ersten zu sein.

Ein weiterer Kollateralschaden ist die in dieser Szene erfundene Mode, deren schlimmste Auswüchse sicher ebenso dringend aufgearbeitet werden müssen wie der Faschismus. Die betroffenen Frauen aus der linken Szene sind bis heute eine Antwort schuldig, warum in Frankreich dieselbe politische Entwicklung und Radikalisierung stattgefunden hat und Französinnen trotzdem fesch gekleidet auf Barrikaden anzutreffen sind, während deutsche Frauen selbst in der Uni und im Plenum aussehen, als wollten sie im selben Moment zu einer langen Wanderung nach Lappland aufbrechen oder müssten als Trümmerfrau für Monate Steine sortieren. Wanderschuhe, Outdoorjacken, schlammige Farben, gestrickte Stulpen, Mützen aus Peru, warum ist das alles in Frankreich für die Revolution völlig entbehrlich gewesen?

Besonders ein Punkt linker Gesellschaftstheorie in Deutschland ist *idiologisch*, nicht zu verwechseln mit ideologisch, da er nicht auf einer Idee basiert, sondern auf Idiotie. Die 68er erfanden die Verantwortung der *gesellschaftlichen Verhältnisse*. Nicht der einzelne Mensch ist für sein Handeln verantwortlich, sondern die ganze Gesellschaft und damit natürlich der Staat, weil er die Bedingungen schafft, unter denen wir leben. Gerade bei Jugendkriminalität ist sie ein bei Pädagogen bewährtes Erklärungsmuster für Diebstähle, Raub und Schlimmeres. Auch als zuletzt in München Jugendliche (ja, mit Migrationshintergrund!) einen Rentner attackierten, benötigte die in eine Radiodiskussion zugeschaltete Psychologin nicht lange, um den Fokus der

Betrachtung auf die Gesellschaft zu lenken, bei der sie sich frage, welche Lebensbedingungen in ebendieser Gesellschaft junge Menschen dazu veranlassen, auszurasten. Absurderweise ist der Freispruch von persönlicher Verantwortung ausgerechnet in einer politischen Bewegung entwickelt worden, deren eigene Wurzeln darin liegen, die Kriegsgeneration nach ihrer persönlichen Verantwortung gefragt zu haben – jenseits aller gesellschaftlichen Zwänge, denn die waren damals mehr als eindeutig. Aber es ist ganz normal, dass eine neue Wissenschaft dazu neigt, übers Ziel hinauszuschießen. Und dazu gehört bei den 68ern eben auch die Beseitigung der Vorstellung von Heimat, in Verbindung mit dem Wunsch, das Deutsche in sich auszulöschen.

Zumal Heimat immer mit Traditionen zu tun hat, Handlungen, die alle immer schon so ausgeführt haben und an denen deshalb auch in Zukunft festgehalten werden sollte. Da geht ein aufgeklärter moderner Mensch natürlich einen Schritt zur Seite, beobachtet das Treiben und fragt sich, wie er das Treiben findet. Das heißt, eigentlich weiß er, dass etwas, das alle gleichzeitig machen, nur schlecht sein kann, mindestens faschistoid. Gilt es nicht, gegen den Strom zu schwimmen? Und ist man selbst nicht ein derart unverwechselbarer Individualist, dessen Einmaligkeit sich ja gerade darin zeigen muss, anders zu sein als die anderen?

Deshalb sind neben dem fehlenden Gefühl für die eigene Heimat durch den Einfluss der 68er weitere Lebensbereiche mit emotionalen Leerstellen entstanden, nämlich dort, wo andere Traditionen erhalten, die wir selber blöd finden und deshalb ebenfalls abgeschafft haben – leider, ohne uns etwas Neues auszudenken. Am extremsten erlebte ich dies einmal in der Punkband, in der ich Gitarre spielte. Damit ist jetzt auch klar – wen wundert's? –, dass ich selber aus der autonomen Szene stamme und damit zu den Kritikern der Elche gehöre. Ein Mitglied dieser Band verstarb, und wir hatten überhaupt keinen Plan, wie wir unserer Trauer Ausdruck verleihen sollten, und vor allem, wie man einem geliebten Menschen das letzte Geleit gibt. Es ist ja völlig in Ordnung, wenn man nicht an Gott glaubt und nichts mit der Kirche zu tun haben will. Aber es ist ein großes Versäumnis, anstelle der Riten, die man ablehnt, keine neuen geschaffen zu haben. Vor allem in einer solchen großen Bewegung wie der nach 1968, zu der sich Millionen zählen und die über Jahrzehnte wirkte – und bis heute wirkt. So fand sich, mangels Alternativen, ein verlorener Haufen Punks in einer norddeutschen Kirche wieder, schaute beim Gebet des Pfarrers betreten auf den Boden, hörte eine lieblose Rede von jemandem, der aber auch gar nichts über den Verstorbenen wusste, seinen Namen falsch aussprach und hastig zugesteckte, biographische Daten durcheinanderbekam. Warum gab es nicht eine traditionelle anarchistische Punkbestattung? Weil sich nie jemand eine ausgedacht hat. Wir befanden uns in jenem großen Vakuum, in das wir heute immer öfter fallen, da es sich inzwischen auf weite Teile unseres Lebens ausgedehnt hat. Auch auf weniger wichtige als auf den Umgang mit Tod, die uns aber dafür öfter begegnen und für die wir ebenfalls keine Riten haben. Nichts ist mehr selbstverständlich, alles möglich. Weihnachten ohne Geschenke, Geburtstage ohne Kuchen, Silvester ohne Party, Sommer ohne Urlaub, Freundschaften ohne Verpflichtungen, Hochzeiten ohne Brautentführung und Baumstammsägen. Alles kann, nichts muss. Dabei ist es leichter, etwas nicht zu machen, als sich etwas Neues auszudenken, das man stattdessen machen könnte. Die mittlere Generation der Deutschen steht jeden Tag vor der Aufgabe, sich und ihr Leben neu zu erfinden. Das überfordert viele. Alles kann, nichts muss, ergibt oft: Nichts passiert. Aber etwas zu machen, weil man es immer schon so gemacht hat, ist in einer aufgeklärten Gesellschaft tabu. Dabei ist man sich einig, dass zumindest für Kinder Riten, Regeln, stetig wiederkehrende Lieder und Geschichten wichtig sind. Wieso gilt das nicht für Erwachsene?

Mir ist klar geworden: Ohne eine Selbstverortung geht es nicht. Bis hierher habe ich versucht zu zeigen, was das Leben und Empfinden von Deutschen heute typischerweise ausmacht, egal, in welcher Ecke des Landes wir wohnen. Wie wir ticken, warum wir so ticken und warum die Ursache für manches davon sechzig Jahre, neunzig Jahre oder schon Jahrhunderte zurückliegt. Diese Selbstfindung ist notwendig, sie hat auch bei mir lange gedauert, ging von der Suche nach Liedern und Rezepten bis hin zur Aufdeckung des allmächtigen, typisch deutschen Gefühlscocktails, den auch ich mit mir herumtrage. Wir haben jetzt zumindest eine grobe Vorstellung, woher wir kommen und warum wir so sind, wie wir sind. Jetzt geht es weiter, aber wohin? Eins ist klar: Nach dem emotionalen Kehraus bei Heimat und Traditionen, der immer größer werdenden Ratlosigkeit für immer größere Bereiche unseres Lebens ist es höchste Zeit, diese Leere mit neuem Sinn zu füllen.

TEIL III

Wohin gehen wir?

Abendbrot

«Ich mach mir die Welt,
widdewidde, wie sie mir gefällt.»

PIPPI LANGSTRUMPF

Im großen Teleskop-Rüssel, den die Reisenden vom Gate zum Eingang des Flugzeuges durchschritten, staute es sich. Vor mir plauderte eine ältere Dame über die Motive ihrer Reise. «Ist ja das erste Mal, dass wir über Weihnachten wegfahren», sagte sie ihrer Freundin, «Astrid und Michi haben ganz schief geguckt, wo sollen wir denn nun hingehen, wenn ihr weg seid, haben die gesagt, aber weißt du, die sind jetzt beide erwachsen, und die sind eh immer erst Heiligabend gekommen und wollten schon am nächsten Tag wieder weg, und dafür all das Schmücken, Backen und Machen, das lohnt sich ja nicht.» «Nee, das lohnt sich nicht», sagte die andere. «Manchmal sind die am 24. sogar noch abends nach der Bescherung in eine Kneipe gegangen, also das hat sich wirklich nicht gelohnt.»

Dieses Gespräch illustriert für mich hervorragend die typische Verlogenheit von jungen Erwachsenen, wenn es um Traditionen wie Weihnachten geht. Zunächst stöhnen sie wochenlang darüber, dass nun schon wieder Weihnachten sei, sie haben keine Lust dazu. Weder lässt man sich dazu herab, Kekse zu backen, noch kauft man einen Tannenbaum. Denn das machen ja immer noch die eigenen Eltern, sie schmücken auch den Baum, sammeln Plätzchen, Kokosmakronen und Pfeffernüsse nach dem Backen in großen Keksdosen, damit sie im richtigen Moment da sind. Die eigenen Eltern sind für Deutsche auch im Alter von weit über dreißig das Back-up für Weihnachten. Kaum schließen am Heiligen Abend die Läden, erfüllt andächtige Stille die Straßen, kriechen die unechten Weihnachtshasser dann aber unter genau diesen Tannenbaum ihrer Eltern, essen deren Braten und Kekse, obwohl sie all diese Traditionen eigentlich gar nicht nötig haben. Vielleicht denken sie sogar, sie tun ihren alten Eltern einen Gefallen, wenn sie sich zeigen. Erst wenn – wie im Falle der Frau aus dem Flugzeug in den Süden – sich die Eltern aus dem Staub machen, kann die eigene Überheblichkeit Weihnachten gegenüber einmal mit der Wirklichkeit abgeglichen werden.

Kern der deutschen Weihnacht ist der Abend des 24., der sogenannte Heilige Abend. Wer diesen Abend ohne Festessen mit Freunden oder Familie, ohne Geschenke und ohne Baum oder sonstige Dekoration übersteht und keine Depressionen bekommt; wer diesen Abend ebenso gut vor dem Fernseher, allein an einem Strand oder vor dem PC sitzend verbringen kann, darf gerne zum nächsten Kapitel weiterblättern, alle anderen sollten sich fragen, ob und was ihnen an Weihnachten wichtig ist. Sicher müssen alle Traditionen einmal überprüft werden, doch wer für sich herausfindet, dass ihm ein feines Essen im Kreise lieber Leute wichtig ist, sollte den Rest seines oder ihres Lebens nicht mehr darüber nachdenken, warum das so ist, sondern dieses Festessen zur Tradition machen.

Dabei ist das Lamentieren über den Konsum zum Weihnachtsfest so allgegenwärtig, dass es fast konformer ist, als sich einfach zu beschenken. Aber kann man als Mensch, der nicht in die Kirche geht und nicht an den lieben Gott glaubt, ein Fest begehen, das die Geburt des Sohns dieses Gottes feiert? In der Tat fand ich mich als Kind und Jugendlicher nicht ganz freiwillig auf den harten Holzbänken der Kirche wieder. Warum mussten die so kalt und unbequem sein? Jesus und sein Vater Josef waren so was wie Schreiner, erfuhr ich und fragte mich, ob es in der Kirche gemütlicher wäre, wenn Jesus Polsterer gelernt hätte.

Das Weihnachtsfest ist natürlich ohne Krippenspiel und christlichen Gesang feierbar, und wie! Schon Weihnachtsmann und Tannenbaum sind nichtchristliche Mitwirkende der Weihnacht, und ich kann alle nur dazu ermuntern, sich das zu nehmen, was zu ihnen passt. Auch Elche, Schneemänner und Rentiere sind absolut unbelastetes Weihnachtsgetier. Wem die deutschen Weihnachtslieder zu sakral und leidend sind, kann auf amerikanische Christmas-Songs von Dean Martin zurückgreifen. Ich muss bei «Stille Nacht, heilige Nacht» sowieso immer nur an die Soldaten an der Ostfront denken, dabei gibt es keine Ostfront mehr, geschweige denn Soldaten dort.

Die Amerikaner haben Spaß an Weihnachten, und man muss ihnen nicht zweimal sagen, dass sie viele Geschenke kaufen sollen. Außerdem ist die so heilige und stille Nacht viel lustiger, wenn Rudolph, *the red-nosed reindeer*, durch all die Andacht stolpert. Weihnachten ist schon heute und ohne unser Zutun ein Sammelsurium der unterschiedlichsten Einflüsse, mal christlich, mal heidnisch, mal kapitalistisch. So soll der Weihnachtsmann mit weißem Bart und rotem Mantel seine Farbgebung angeblich durch eine Werbung von Coca-Cola erhalten haben. Aber who cares? Wen stört das? Natürlich rühren in einer so großen Suppe wie Weihnachten viele Köche herum. Rühren wir einfach mit und nehmen uns das heraus, was uns gefällt, so, wie es Pippi Langstrumpf propagiert.

Auch Silvester legt sich wie Weihnachten schon früh auf das Gemüt aller Unentschlossenen. Irgendwie muss man was machen, aber eigentlich hat man keine Lust. Wer zu Weihnachten gegen Konsum und zu viel Beleuchtung ist, wettert natürlich zu Silvester gegen das Böllern. Sollte man das Geld nicht lieber spenden? Ich könnte diesen Langweilern den Hals umdrehen, vor allem spenden sie ja nicht, sie sagen es nur. Ich bin für Spenden *und* Böllern, lasst es krachen, lasst uns leben und feiern, solange wir noch hier sind! Ich weiß, wovon ich rede, denn ich habe das Alternativprogramm, also das Programm der Alternativen, schon mal ausprobiert. Auch angesichts der Universalität des Silvesterfestes, dem Umstand, dass im Grunde alle in diesem Land am letzten Tag des Dezembers um Mitternacht mit Freunden anstoßen und Raketen anzünden, stellt sich dem kritischen Zeitgenossen doch die Frage: Will ich mich diesem Zwang unterwerfen? Als ich um die zwanzig war und meinen Zivildienst machte, dachte ich ähnlich. Am ersten Januar des neuen Jahres musste ich schon um sieben Uhr morgens meinen Dienst in den Wohnungen von sehr alten Leutchen antreten, sie wecken, anziehen und mit Kaffee versorgen. Wie sollte ich also lange feiern? Und so entschloss ich mich, einfach keine Einladung anzunehmen, vielleicht hatte ich auch keine – verdammt, es ist ewig her –, auf jeden Fall ging ich früh zu Bett und erlebte einen der deprimierendsten Momente meines Lebens. Ich wurde gegen Mitternacht vom Feuerwerk geweckt. Allein lag ich in meinem Bett, sah durch das Fenster den Himmel draußen mal rot, mal silbern leuchten, aus den Nachbarwohnungen hörte ich Jubelrufe, und ich fühlte mich unendlich allein und mies. Seitdem ist für mich Tradition: Silvester wird gefeiert und auch geböllert. Zuletzt verbrachte ich dieses Fest in der Dachgeschosswohnung eines Fernsehredakteurs in Berlin. Zugegen waren andere Redakteurinnen, dazu Journalisten und ein Arzt. Da sich niemand traute, den Countdown im ZDF anzuschauen, beschlossen wir nach verschiedenen Blicken auf die Uhr und angesichts eines immer lauter werdenden Feuerwerks auf der Straße, dass es nun Mitternacht sein müsse und es ja nun wohl Zeit sei, anzustoßen. Zuvor hatte es noch eine Diskussion über die verschiedenen Kalender gegeben, dass Juden im September und Iraner im März das neue Jahr begrüßten, es war also mal wieder alles relativ. Ungefähr um zwölf also umarmten wir uns, aber es war nur eine Parodie, ein So-macht-man-das-wohl, mit Augenzwinkern. Es bedeutete: Eigentlich stehen wir doch über so was, und ich dachte: Warum sind wir so gefasst? Wie aufgedreht war ich noch als Kind, wenn mir meine Eltern sagten, es würde Glück bringen, in das nächste Jahr zu springen. Ich stieg auf einen Stuhl in der sicheren Erwartung, dass sich mit einem neuen Jahr die Grenze zu etwas Großem, zwölf Monate Langem unter meinem Stuhl hindurchschieben würde. Ich versuchte möglichst hoch und weit zu springen, damit ich auf der sicheren Seite war. Nun, als Erwachsener in Berlin, stand ich steif mit den anderen auf dem Balkon, unten wurden Böller auf Taxen geworfen, oben über den Dächern stiegen Hunderte der kleinen Raketen auf, die man überall kaufen konnte, und vom Brandenburger Tor her hörte man das große Feuerwerk der Stadt. Wir standen in Gedanken und in Wirklichkeit über alldem. Was da an Geld in die Luft gejagt wird, gab eine der anwesenden Redakteurinnen zu bedenken, was man mit all dem Geld machen könnte, Brot statt Böller! Als ich ihr sagte, ich habe schon mal ein Brot zu Silvester angezündet, aber es würde überhaupt nicht knallen, lachte sie. In einer Onlinediskussion bei der Zeitschrift *Geolino* fand Rieke, 11 Jahre, aus Delmenhorst: «Man sollte an Silvester Spaß haben, aber die Armen sollten auch etwas zu essen haben. Deswegen würde ich eine Hälfte spenden und die andere für Silvester ausgeben. Sonst wäre es ja wie Weihnachten ohne Geschenke. Dann haben die Armen was zu essen, und wir haben Spaß.»

Es wurde kühl auf dem Balkon. Wir sprachen über die Gesetze, die ab erstem Januar in Kraft traten. Der Arzt gab einige Statistiken zum Besten, die das Aufkommen in der Notaufnahme der Charité zum Inhalt hatten, zu Silvester schlugen sie stark nach oben aus. Ich fühlte, es war der Moment gekommen, meinen Raketenkarton vom Discounter auszupacken. Sechzehn Raketen und unzählige Böller. Die Reaktionen waren in etwa so, als wollte ich vor den anderen ein Schwein schlachten. «Nä, du willst das doch aber nicht alles auf meinem Balkon abfeuern?», fragte Jens, in dessen Loft wir feierten. Aber ich grinste das Grinsen eines Überzeugungstäters: «Wenn du darauf bestehst, kann ich sie auch in deinem Schlafzimmer abfeuern.» Im Anschluss machte sich ein Teil der Gesellschaft daran, Raketen und anderes Zeug in die Luft zu jagen. Ich sah in leuchtende Gesichter, einige hatten zuletzt als Kind geböllert. So vertrieben wir die bösen Geister, denn deshalb böllert man. Einer unserer Böller fiel noch auf ein Taxi, natürlich aus Versehen. Aber vielleicht befand sich auch ein böser Geist darin, was bei Berliner Taxifahrern nicht so unwahrscheinlich ist.

Mit den Traditionen ist es wie mit der Heimat. Bis heute werden sie nur von Konservativen definiert. Alle anderen haben sich gesagt, wenn Traditionen für Rechte so wichtig sind, können sie ja nur unheilvoll sein, also brauchen wir keine. Das führt bei Traditionen wie Weihnachten und Silvester zu einem ebenso großen Vakuum wie beim eigenen Geburtstag, den viele einfach abgeschafft haben. Dabei gehören auch Traditionen ebenso zu Heimat wie Kindheit. Und wie trostlos ist ein Leben, in dem es nicht mal zum Geburtstag etwas gibt, das in jedem Fall stattfindet? Als Kind bekam man noch eine Torte, auf der so viele Kerzen standen, wie man alt war. Die musste man auspusten. Immer wieder wurden dieselben Spiele gespielt, Topfschlagen, Sackhüpfen, Eierlaufen. Als ich sieben wurde, durfte ich sieben Freunde einladen, mit acht acht – jedes Jahr einen mehr. Es ist nur natürlich, wenn man als Erwachsener darüber hinauswächst, Geburtstage auch mal arbeitend, Weihnachten in einer Nachtschicht und Silvester in einem stillen Zelt im Himalaja verbringt. Trotzdem ist es wichtig, wenn schon nicht an Traditionen festzuhalten, so doch neue zu finden. Wie kleiden wir uns, wie feiern wir, wie trauern wir, welche sind unsere Lieder, welches unser Sport und welche unsere Rezepte? Erstaunlicherweise hat nur eine bestimmte Klientel dieses Problem; «Bürgertum» könnte man diese Schicht nennen oder auch: die Nachkommen der 68er. Die Arbeiterklasse oder was von ihr übrig blieb, ist – was Riten, Regeln und Traditionen betrifft – ebenso klar orientiert wie das Großbürgertum. Mit welcher Selbstverständlichkeit gehen zum Beispiel Letztere zum Hockey und Polo und schauen sich Derbys an. Bis heute vergesse ich nicht den Manager, der im Speisewagen des ICE nach Frankfurt Freundschaft mit dem Kellner schließen wollte. Dieser hatte ihm Sauerbraten und ein Pils an den Platz gebracht und wurde unfreiwillig mit der Lebensphilosophie des Leistungsträgers konfrontiert. «Wissen Sie, jeder macht seinen Job, Sie machen Ihren, ich mache meinen, und es ist wichtig, ihn gut zu machen. Eigentlich machen wir beide dasselbe: verkaufen. Sie verkaufen Speisen und ich Gasturbinen, wo ist der Unterschied? Es gibt keinen.» Na ja, bis auf den klitzekleinen, dass der Manager vielleicht fünfzehn- bis zwanzigmal mehr verdient als der Kellner. Trotzdem lächelte Letzterer, anstatt diesem Idioten die Fresse zu polieren. Er machte seinen Job also tatsächlich gut. Der Manager war offensichtlich ganz mit sich im Reinen, tags darauf hat er wahrscheinlich Golf gespielt, während ihm ein Caddie die Schläger hinterhertrug, hey, jeder macht seinen Job!

Genauso bei sich sind die anderen, wenn sie in einer vollgestopften S-Bahn auf dem Weg zum Stadion singen und Schals schwenken, um danach von Stehplätzen das gesamte Spiel hindurch ihre Mannschaft anzufeuern. Während die einen selbst für ein einfaches Gartenfest Tische, Decken und Geschirr bestellen – nebst Servicekräften und einem Koch, der die Steaks gekonnt grillt, versteht sich –, ist es für die anderen völlig normal, an einem heißen Tag Oettinger- oder Astrakästen und Kartons mit dem Aufdruck «Der große Grillspaß» aus der Kühltruhe von Aldi zu kramen und mit dem Einkaufswagen bis auf die Rasenfläche zwischen den Häuserblöcken zu schieben, wo schon jemand ein Feuer angemacht hat. Mangels vorhandener Gartenmöbel schleppt man halt das Sofa aus dem dritten Stock hinunter, gemütlicher sitzt man in Blankenese auch nicht, und die Welt ist in Ordnung. Ob Speisen, Kleidung oder Reisen – diesen Protagonisten ist völlig klar, was sie tun. Man muss nicht lange überlegen, ob man an die Playa de Palma oder auf die Malediven fährt, weil man es immer schon so gemacht hat.

Wie man feststellen kann, zu welcher Schicht man gehört, vor allem, da es neben der offensichtlichen Verortung auch viele Überschneidungen gibt? Nun, die Frage ist schnell beantwortet.

Was denken Sie, wenn Sie im Sommer an einem leuchtend gelben Rapsfeld vorbeikommen? «Raps»? Willkommen im Countryclub. Hier lebt man gepflegte Gastlichkeit. Oder denken Sie: «Krass gelbes Feld, das hört ja gar nicht mehr auf!?» Ich habe Sie ehrlich gesagt im Verdacht, eher etwas in diese

Richtung zu denken: «Was machen die wohl mit dem Raps? Wird wahrscheinlich als Biosprit raffiniert, was für eine Fläche, und alles für die Tanks der Autos, der Bedarf muss riesig sein, ist bestimmt nicht gut für den Boden, wie wohl die CO_2-Bilanz aussieht ...»

Das notorische Grübeln hat zwar bei der Einschätzung der Probleme dieser Welt zu vielen Gewissheiten geführt, aber bei der Frage danach, wie wir unser Leben leben wollen, eher Ratlosigkeit hervorgerufen. Die fehlende Vorstellung davon, wie man Geburtstage, Weihnachten und Silvester feiert, ist zum Glück nicht so gravierend wie eine fehlende Vorstellung von den viel wesentlicheren Festen Taufe und Konfirmation, Hochzeit und Beerdigung, die allesamt eine wichtige Funktion jenseits von Religion haben.

Bei der Konfirmation der Protestanten zum Beispiel, die die Katholiken schon viele Jahre früher als Kommunion zelebrieren, weil sie wahrscheinlich Angst haben, dass ältere Jugendliche den Zirkus nicht mitmachen würden, geht es ja nicht nur um eine Glaubensbestätigung. Sondern auch, und das ist essenziell, um die Initiation, die Aufnahme der Jugendlichen in den Kreis der Erwachsenen. Der Tag, an dem man ihnen sagt, dass sie nun keine Kinder, sondern auch Erwachsene sind, denen man auf Augenhöhe begegnet, die man als seinesgleichen akzeptiert, mehr Rechte, mehr Verantwortung. Warum darauf verzichten?

Auch bei Hochzeiten zeigt sich die Heimatlosigkeit von vielen in fehlenden Traditionen – oder der Weigerung, sich der vorhandenen zu bedienen. Gut, wer auf dem Land wohnt. Unverheiratete Männer, die dreißig Jahre alt werden, müssen die Straße fegen, bei Hochzeiten werden Baumstämme zersägt, die Braut entführt, ein ganzer Katalog netter und bescheuerter

Riten durchgearbeitet. Dort muss niemand lange überlegen, wie eine Hochzeit ausgerichtet wird. Dummerweise wohnt unsere Problemgruppe nicht auf dem Land, sondern überwiegend in der Stadt. Und wer da heiratet, darf wieder bei null anfangen. Am besten, man heiratet gar nicht, ist eh peinlich. Wir lassen uns das vom Staat nicht vorschreiben – akzeptiert. Aber wenn zwei sich entscheiden, für immer zusammenzubleiben, ist das doch ein Moment, der einen rühren darf. In einer Zeremonie, auch unabhängig von Staat und Kirche. Und ist es nicht gemein, dass die Leute, deren Ansichten wir nicht teilen, ein bis ins Detail ausgefeiltes Fest haben und wir wieder nur ein großes Nichts? Wie, das brauchen Sie alles nicht? Vergessen Sie es, jeder braucht es. Die Kirche bietet für derartige Feste definierte Riten an, aber was, wenn man von der Kirche wenig hält oder nicht gläubig ist?

Als ein Bühnenbildner und guter Freund von mir einen Sohn bekam, wollte er keinesfalls auf eine Party verzichten, auf der das neue Menschenkind begrüßt wird. Schließlich hielt er es für eine Sensation. Doch was tun als gewaltbereiter Heide ohne Traditionen? Nach einigem Überlegen wurde zur Seemannstaufe eingeladen, ist Hamburg doch die Stadt der Seeleute und das Elbufer nicht weit. So gab es neben einer sonnigen Gartenparty auch viele Taufgeschenke, darunter sogar eine Taufkerze mit Anker drauf, eigentlich eine Requisite aus dem Christenfundus. Ausgelassen ging es die Elbtreppe hinab zum Övelgönner Strand, ein Segler mit Bootsführerschein hatte die nötige nautische Autorität, einen Leichtmatrosen zu taufen, und so füllte er ein Weinglas mit Elbwasser. Ich durfte das betroffene Familienmitglied halten, der Segler eine Rede, dann gab es einen Schluck köstlichen Elbwassers über den Kopf. Es wurde geklatscht und angestoßen, darauf, dass der Kleine immer eine Handbreit Wasser unter dem Kiel haben möge, und er sah regelrecht stolz aus in seiner Takelbluse, in der er mal auf diesem, mal auf jenem Arm getragen wurde.

Wir kommen nicht umhin, neue Traditionen zu erfinden. Schön sollten sie sein und symbolisch. In Paris gibt es eine solche neue Tradition. Das *Diner blanc*, ein weißes Abendessen, zu dem sich seit einigen Jahren Menschen treffen, die Lust haben, einmal festlich zu dinieren, und das an einem Ort, an dem festliche Essen unerschwinglich sind. Einmal im Jahr verabreden sich Tausende Franzosen auf einem öffentlichen, möglichst schönen Platz. Jeder bringt ein kaltes 3-Gänge-Menü in Plastikdosen mit, so wie man es zu einem Picknick machen würde. Allerdings wird beim Diner blanc von Porzellantellern gegessen. Eiligst aufgeklappte Tapeziertische reiht man zu langen Tafeln. Alles ist in Weiß gehalten. Die Tischtücher, das Geschirr und nicht zuletzt die Teilnehmer, die sich nach einem strengen Regelkatalog ganz in Weiß kleiden und auf – natürlich ebenfalls weiße – Klappstühle setzen. All das zusammengenommen verbreitet den Charme einer wahrhaft gediegenen Veranstaltung. Dabei ist das Ganze reine Anarchie, ohne Genehmigung der Behörden, ohne Kommerz, niemand verdient auch nur einen Cent beim Weißen Dinner, bei dem die gutgekleideten Damen und Herren mit extravaganten Hüten auch schon mal die Place de la Concorde, den Innenhof des Louvre und sogar die Champs-Élysées in ein weißes Meer verwandelt haben. Hintergrundidee des Diner blanc ist unter anderem, öffentlichen Raum, der immer luxuriöser wird, zurückzuerobern. Fast wie in Berlin und Hamburg beim 1. Mai von deutschen Autonomen. Hier wie dort geht es um ein «Hallo, uns gibt es noch!». Und jeder macht das, was er am besten kann, Franzosen genießen mit Stil und einer Prise Anarchie, Deutsche führen mal wieder Krieg.

Was ist bei euch Tradition? Auf diese Frage keine Antwort zu haben, ist nicht alternativ, sondern armselig. Niemand zwingt uns, etwas zu machen, das wir nicht wollen. Welche Eltern sind zum Beispiel nicht schon mal über die Zeile des Gute-Nacht-Liedes gestolpert, in der es heißt: «Morgen früh, wenn Gott will, wirst du wieder geweckt.» Wie? Wenn Gott will? Und wenn nicht? Diese Frage stellte ich mir schon, als meine Eltern mir noch vorgesungen haben. Warum aber auf dieses schöne Lied verzichten, nur weil eine Stelle davon faul ist? Wenn ich heute mein Kind in den Schlaf singe, lautet die Zeile: «Morgen früh, wirst schon sehn, wirst du wieder geweckt.»

Und doch gibt es Traditionen, Riten, die Bestand haben, die immer gut sind: Wenn Kinder fallen, auf Kopf oder Knie, dann pusten wir dort, wo es wehgetan hat. Das linderte schon, als unsere Großeltern noch Kinder waren. Und wer nicht vergessen hat, wie lustig man das früher selber fand, nimmt das Kind auf den Arm, geht zu einer Tür, stößt mit dem Fuß ans Holz und zuckt mit dem Kopf zurück, als hätte man sich gestoßen. Einen guten Gag kann man immer wieder machen, er wird Tradition. Anderes müssen wir neu erfinden. Die Feste für die Meilensteine unseres Lebens und die Werte, die für alle verbindlich sind, die hier wohnen. Die Bauern der bäuerlichen Notgemeinschaft im Wendland kämpfen mit ihren Treckern gegen die Atomwirtschaft und für ihre Heimat. Es ist gut, nicht anderen zu überlassen, wie unser Zuhause aussieht, denn hier leben wir, und wer, wenn nicht wir, könnte Gutes bewirken? Wer, wenn nicht wir – das klingt etwas pathetisch, ist meist die Einleitung von wahnsinnig Wichtigem, das unbedingt gemacht werden muss, damit die Welt nicht untergeht. Aber da ich ja nicht zur Großen Koalition der Apokalyptiker gehöre, sage ich es noch einmal leichter, auch, weil es ja Spaß macht, unser Zuhause zu renovieren: Wie heißt es noch in dem Kinderlied von der Laterne? «Im Himmel, da leuchten die Sterne.» Genau, aber besonders der Schluss ist schön: «Und hier unten leuchten wir.»

↗

Feierabend

«Heimat ist da, wo einer stirbt,
nicht da, wo einer lebt.
Und wenn die Reihe mal an mir ist,
dann soll es in Hamburg sein.»

HANS ALBERS

Eines war mir wichtig zu sagen: Heimat ist zu Hause unsichtbar. Deshalb ist das Achselzucken auf die Frage, was uns Heimat bedeutet, die Antwort, sie sei für uns kein Thema, nicht Zeichen für unsere Internationalität, sondern vielmehr Hinweis darauf, dass wir überhaupt keine Vorstellung von ihr haben. Wir können sie nicht beschreiben, weil wir in ihrer Mitte sitzen. Heimat nimmt erst Gestalt an, wenn wir Sehnsucht nach ihr haben, und dann sind wir zumeist schon weit weg. Dieser Umstand ist für Künstler sogar notwendig, um von einem Lebensort einen möglichst authentischen Abdruck aufzunehmen, sei es als Musik, als Bild oder als Buch. So schrieb Hemingway seinen Roman *Fiesta*, der im spanischen Pamplona spielt, eben nicht in Pamplona, sondern in einer Art *Pension Gisela* in Österreich. Erst hier, in einer völlig anderen Umgebung, konnten sich seine Erinnerungen und Eindrücke aus der staubigen Stadt am Fuße der Pyrenäen zu einem Bild verdichten. Das Hotel in Österreich diente als Dunkelkammer, eine neutrale

Umgebung, in der der Künstler in seinen Gedanken die Negative hervorholen und ganz ungestört auf Papier bannen konnte. Wenn uns auf Reisen die Vorstellung von unserer Heimat plötzlich so klar vor Augen liegt wie Hemingway Pamplona, dann ist das derselbe Effekt. Er tritt übrigens selten während einer kurzen Urlaubsreise ein. Dann erscheinen einem die Zustände in der Karibik, in Irland oder Thailand paradiesisch, und niemand vermisst den eigenen Job in Deutschland, das Einkaufen beim Discounter und den Stress im deutschen Verkehr. Durch meine Reisen und vor allem die Menschen, denen ich dabei begegnet bin, weiß ich heute besser, was das Leben bei uns anders macht als anderswo. In Deutschland ist Gerechtigkeit immer ein großes Thema, weil das Land einmal sehr ungerecht war. Schwache werden mehr gefördert und unterstützt als anderswo, weil sie gerade bei uns einmal zur Seite gestoßen wurden. Niemand darf zurückgelassen werden. Deutschland ist ein vernünftiges Land, hier bauen nur jene ein Haus, die etwas gespart haben – um einen großen Unterschied zu Griechenland und Spanien zu nennen –, im Schnitt sparen die Deutschen elf Prozent ihres Einkommens. Die meisten haben nur eine Kreditkarte, die nicht mal eine echte Kreditkarte ist, da der in Anspruch genommene Betrag auf einen Schlag vom Girokonto abgebucht wird. Grace in Queens fallen im Laden sechs Kreditkarten aus der Tasche, die Banken schicken dann Wochen später eine Rechnung. Dann sieht Grace weiter, zahlt etwas, nur ein bisschen, das ein bisschen später oder nur die Zinsen. Trotzdem klingeln bei ihr Vertreter an der Tür und bieten ihr die siebte Kreditkarte an. Wenn sie kein Geld mehr hat und einen Neuwagen haben möchte, ist das kein Problem. Als ich sie besuchte, bot ein Autohaus in ihrer Straße Folgendes an: Holen Sie sich den neuen *Ford Edge*, und Sie bekommen zusätzlich tausend Dollar bar auf die Hand.

Das Beste: Die erste Rate wird erst in zwei Jahren fällig! Hierzulande heißt es, man muss sich nach der Decke strecken, die Füße sollten nicht hinausschauen.

Wer bei uns aufwächst, bekommt eine gewisse Ernsthaftigkeit in die Wiege gelegt, es hilft nichts, sich dagegen zu wehren. Kein Flamencokurs macht uns heißblütiger, und kein Gospelchor zaubert uns gläubige Leidenschaft ins Blut. In solchen Multikulti-Veranstaltungen machen wir uns nur lächerlich. Vor allem die Teilnahme von Deutschen an Sambagruppen sollte gesetzlich verboten, wenn nicht mit Gefängnis bestraft werden, denn sobald Samba auf deutsches Rhythmusgefühl trifft, entsteht ein ganz neuer Musikstil, den am besten das alte deutsche Wort «Lärm» beschreibt oder vielleicht auch die Bezeichnung «Ruhestörung». Solange man weiß, dass man bei Tango und Tai-Chi in etwa die Authentizität erreicht, als sänge man in einer Karaoke-Bar *I did it my way* von Frank Sinatra, ist das völlig in Ordnung. Identitätsstiftend ist es aber nicht. Es fehlt etwas, wenn wir uns zwar mit Inbrunst auf fremde Kulturen stürzen, aber von unserer eigenen Kultur nichts zu berichten wissen. Gerade die Unsicherheit an diesem Punkt lässt einige Migranten in Deutschland zur Auffassung kommen, dass es bei uns keine Werte gibt. Erst langsam kommen wir dahin, diese zu definieren, obwohl es die meisten schon längst gibt.

So ist Heimat ein Menschenrecht. Selbst im totalitären China, in dem mehr Menschen als anderswo Wanderarbeiter sind, fernab von zu Hause schuften, in Notunterkünften wohnen, selbst dort hat man die Notwendigkeit erkannt, die Jobs näher zu den Familien zu bringen, nach Zentralchina. Aus dieser Region machen sich die meisten auf, um an der Küste Geld zu verdienen, weit weg von ihren Lieben. Ein milliardenschweres Investitionsprogramm stärkte die Infrastruktur, immer mehr Chinesen können heute nach der Arbeit ihren Feierabend daheim verbringen.

Natürlich fächert sich die eigene Heimat in verschiedene Bereiche auf. Lokalpatrioten gibt es sogar unter Linken, die behaupten, man könne nur in ihrem Stadtteil leben und sonst nirgendwo. Mein Viertel heißt Ottensen in Hamburg, es gefällt den Menschen derart gut, dass es auf eine glanzvolle Geburtenrate verweisen kann. Sie ist fast so hoch wie die in Kairo, die Verhältnisse sind allerdings auch ähnlich beengt. Das eigene Haus, die eigene Straße, sie sind unser Ausgangspunkt. Dann kommt die Stadt oder der Landstrich, der Grund, auf dem wir in unserer Kindheit herumstromerten. Für den Schauspieler Arnd Schimkat ist München Heimat. Zu jeder Straße falle ihm eine andere Geschichte ein, die er dort erlebte, erinnere er sich an einen Menschen, den er dort kennt, kannte oder liebte. Der Weg auf dem Fahrrad durch unsere Stadt wird zur vertrauten Tour zu den Fixpunkten unseres Lebens. Doch manchmal sitzen wir im Zug. Dann sind wir in der Heimat unterwegs, die unser Land meint und der ich mich so ausgiebig gewidmet habe, weil wir uns so gerne um sie drücken. Ich weiß, es fällt vielen nicht leicht, über unsere nationale Identität zu sprechen. Darum nannte ich ein Kapitel auch «Elternland». Denn mit dem alten Wort Vaterland ist nichts mehr anzufangen, zu kaputt ist es, missbraucht für Propaganda und Krieg, da hilft es nicht, dass es einst so harmlos war wie *Muttersprache*. Wir sollten neue Begriffe schaffen. Wem *nationale Identität* schwer über die Lippen geht, kann sich auch mit unserer *soziokulturellen Lebensrealität* beschäftigen, sie ist dasselbe.

Im Großraumwagen treffen wir das Deutschland, die Nation von heute, in all seinen Facetten. Leistungsträger der berühmten Exportfirmen, die ihre nächste Powerpointpräsentation basteln. Schaut man ihnen über die Schulter, erhascht man die Geheimnisse der deutschen Wirtschaft, Kundenzufriedenheit, Kommunikation, Effizienz. Rentnergruppen steuern das nächste Mittelgebirge oder ein Kreuzfahrtschiff in Hamburg oder Rostock an und lachen ohne Unterlass, weil in einem Abteil voller Freunde alles lustig ist. Die Schaffnerinnen sind heutzutage freundlich, es sei denn, sie setzen eingedenk der Zeit, als sie noch eine echte Autorität und keine Servicekraft waren, mal wieder ein Kind mit Cello auf einem Bahnsteig aus. Im Speisewagen gibt es Bier vom Fass, und draußen schaukelt die Landschaft vorbei, denn deutsche Hochgeschwindigkeitszüge sind die langsamsten Westeuropas. Aber zwei Texaner an einem Tisch finden das ausgesprochen *gemütlik* und lassen sich von Teenagern das Wort *Zugestiegene* erklären. Am Freitag wird es eng in der zweiten Klasse, denn dann steigen die Rekruten der Bundeswehr ein und fahren heim. Ich frage mich immer wieder, wieso ausgerechnet Soldaten die Bahn benutzen und die letzten Plätze blockieren, wo doch die Bundeswehr über einen großen Fuhrpark verfügt. Wie gerne würde ich einen der unvermeidlichen Staus auf der A1 einmal mit einem leichten Panzer ansteuern. Vielleicht fährt der Zug weiter nach Paris, die französischen Reisenden freuen sich, wenn an der Grenze die Brezelverkäuferin aussteigt. Dann kann der Lokführer endlich den Fuß von der Bremse nehmen, denn bis zur Seine geht es nur noch schnurgeradeaus.

Auch in anderen Ländern, wie Frankreich, können wir uns zu Hause fühlen. Heimat wird größer, je weiter wir uns von ihr entfernen. Es ist nur die Frage, ob wir zurückkommen oder aufbrechen. Als ich einmal mit dem Schiff von Amerika zurück nach Europa fuhr, fünf Tage über den Atlantik, und wir auf der Insel Madeira festmachten, hatte ich das deutliche Gefühl, wieder zu Hause zu sein, nämlich in Europa. Dabei lag Madeira über tausend Kilometer vom europäischen Festland entfernt im Meer. Ich hätte diese Distanz sicherlich gespürt, wäre ich von Hamburg aus gekommen, so aber war ich auf dem Heimweg, hatte zuvor mehrere Wochen in der Karibik auf den unterschiedlichsten Inseln verbracht, große Armut gesehen und großen Reichtum direkt nebeneinander. Wie vertraut schien mir dagegen Madeira, obwohl ich hier bis dahin nie einen Fuß auf den Boden gesetzt hatte. Ich war wieder auf meinem Kontinent, schon die kleinen Autos von Seat und Peugeot hatten die knuffige Lebendigkeit, die ich viel besser kannte als die ausladenden Straßenkreuzer, die jenseits des Atlantiks über breite Straßen schaukelten und in verbeulter Schrottversion auch auf mancher Karibikinsel. Auf Madeira konnte ich mir sicher sein, kein Milliardär würde mit dem Hubschrauber von seinem Anwesen ins Büro fliegen. Bei einem Spaziergang musste ich nicht fürchten, plötzlich in eine gefährliche Gegend zu kommen, fuhr nicht mit dem Taxi durch Slums aus Wellblechhütten. Auf Madeira gab es ein Krankenhaus, das die Menschen behandelte, weil es eine staatliche Krankenversicherung gab, und ich trank – das erste Mal seit Wochen – einen richtigen Kaffee, *con leche, cortado* oder *solo*.

Wer noch weiter von zu Hause wegfährt, wird dieses Heimatgefühl auch in den USA und der Karibik empfinden können. Wer schiffbrüchig auf dem Meer treibt, eine Ewigkeit lang, wird jede Insel – und liegt sie auch in der Südsee, auf der anderen Seite der Erde – mit heimatlichen Gefühlen betreten. Endlich wieder festen Boden unter den Füßen, endlich zu Hause, mit frischem Wasser, Bäumen und Menschen. Und sollte dereinst die bemannte Marsmission gelingen und der Raumgleiter auf dem Heimweg den Mond passieren, dann wäre es absolut sicher, dass die Astronauten in dem Moment, in dem unsere Erde wieder ins Blickfeld rückt, ihre Heimat sehen: «Hey, Jungs, guckt mal, wir sind wieder zu Hause.»

↗

Die Möglichkeit einer Insel

«Was die Erde braucht, ist eine Menschheit, die sie nicht länger als Supermarkt, sondern als Heimat betrachtet.»

Yann Arthus-Bertrand

Wenn mich heute eine Französin oder ein Brite fragt, was für mich Heimat ausmacht, antworte ich anders als noch vor wenigen Jahren, könnte einen ganzen Abend lang vom Leben in meinem Land erzählen, seinen Besonderheiten, Schrullen und Liebenswürdigkeiten. Ich bin in ihm angekommen, wenn auch etwas spät. Vielleicht ist dies der Grund, warum ich für den jüngsten Fluchtversuch in meinem Freundeskreis nur noch ein mildes Lächeln aufbringen konnte. Michael teilte mir bei einem Astra im *Pudels Club* am Hafen mit, er verbringe den nächsten Winter auf Mallorca, er halte das *hier* einfach nicht mehr aus. Vor dem Fenster ging ein Nieselregen auf die Landungsbrücken und die *Queen Mary* nieder, die gerade bei Blohm & Voss im Trockendock lag. Sonne schien mal wieder die richtige Entscheidung zu sein, ganz zu schweigen von der Lockerheit der Spanier angesichts des sicheren Staatsbankrotts im Vergleich zur permanenten Untergangsstimmung bei uns mit ihrer wöchentlich wechselnden Angst vor irgendwas. Michaels Arbeitgeber, die Bundesrepublik, eröffnete ihm die

Möglichkeit einer Insel, einer Zeitinsel, bekannt als Sabbatjahr. Für ihn sollte es ein halbes, freies Jahr werden, und er war fest entschlossen, es auf einer echten Insel zu verbringen, einer, die es den Deutschen besonders leicht machen soll, zu gehen: Mallorca. Mehrere zehntausend sogenannter Residenten dösen hier vor sich hin, unweit eines Flughafens, der sie im Fall einer Kreislaufschwäche mit täglichen Nonstop-Verbindungen selbst nach Paderborn, Münster, Saarbrücken und Rostock zurückbringt.

Auf Mallorca ist es im Grunde wie im Harz, der einzige Unterschied: Die Rentner wandern hier nicht, sie sitzen auf Terrassen. Sie erstarren in der Sonne, Eidechsen auf heißen Steinplatten gleich. Ab und zu nehmen sie unvermittelt einen Schluck *San Miguel* aus der Dose und schalten das *Inselradio* ein. Dieser einzige deutschsprachige Sender auf Mallorca ist der beste Grund, Spanisch zu lernen. Alle halbe Stunde verliest der Moderator detailreich die Wetterlage in Dortmund, Berlin und Köln. Mal sind es acht Grad, mal sechs, in Berlin nur fünf, dabei atmet er zischend ein, als gruselte er sich. Auch den Residenten, den Senioren aus Deutschland auf ihren Plastikstühlen neben dem Pool, läuft ein Schauer über den Rücken, wenn sie sich vorstellen, dass daheim ein kalter Regen auf Dächer und Menschen niedergeht. Dem Blick auf die Temperaturen unzähliger deutscher Städte folgen mit einem Durchatmen markierte Ausführungen zum Inselwetter: Strahlender Sonnenschein! Manacor zwanzig, Santanyi ebenfalls zwanzig und Andratx sogar einundzwanzig Grad. Was für ein Glück, dass wir hier sind! Eigentlich ist die Insel klein und der Vergleich ihrer einzelnen Orte in etwa so notwendig, als sage man in Berlin die Temperaturen für jeden Stadtteil an. Aber Sinn dieses Wettervergleichs mit Deutschland ist natürlich, die Hörer zu bestärken. Es war die richtige Entscheidung, hierherzuziehen. Es geht uns gut. Diese Erkenntnis wird ständig wiederholt vom Radiosprecher des Exilsenders und von den Residenten selbst. Auch Michael schickte, kaum dass er abgereist war, tägliche SMS mit Temperaturangaben und seinen Aktivitäten: Hey, Sebastian, Mitte Nov., und ich habe kurze Hose an, 24 Grad: Wahnsinn!

Ich traute mich zu dieser Zeit noch ein letztes Mal aufs Fahrrad in die Kälte, lenkte mal nur mit der linken, mal nur mit der rechten Hand, damit die jeweils andere ein bisschen in der Manteltasche auftauen konnte, und stand eine gefühlte Ewigkeit vor der roten Ampel an der Stresemannstraße, als mich Michaels nächste SMS erreichte. Bis ich endlich das Handy aus der Innentasche holen konnte, war die Ampel wieder rot. Hey, Schnoy, war im Meer schnorcheln, hat immer noch 22 Grad! Was machst du so? Er ließ es sich es sich auch nicht nehmen anzurufen. Ich stellte gerade auf dem Edeka-Parkplatz vor meinem Wagen eine Palette Apfelsaft im Matsch ab, öffnete die Tür, nahm die Palette wieder hoch, und eine Windböe schlug die Tür wieder zu. Michaels Anrufe waren ebenso wenig ergiebig wie seine SMS. Als Resident verhielt er sich normgerecht, seine Gute-Wetter-Propaganda machte mich aggressiv. Wie bei allen Residenten geriet die ständige Wiederholung der Lobpreisung des Klimas irgendwann zum Mantra. «Es ist wirklich schöner hier», beschied er mich. «Hier kann man es sich gutgehen lassen! Was, bei euch schüttet es? Hier ist herrlichster Sonnenschein!» Warte nur, dachte ich mir, bald kommt der Winter auch nach Südeuropa. Meist ohne Schnee, dafür mit kaltem Regen. Jedes Jahr trifft er Südfranzosen, Katalanen und Mallorquiner im wörtlichen Sinn aus heiterem Himmel. Völlig unvorbereitet kramen sie wackelige Radiatoren aus dem Schuppen. Kaum in der Steckdose, verbreiten diese Stromfresser einen nach verbranntem Staub stinkenden Qualm. Oftmals fliegen die Sicherungen raus, wenn man zu viele von den Geräten anschließt, und falls sie laufen, sind sie einfach zu schwach. Die Feuchtigkeit kriecht über die Terrasse herein, krabbelt in die Betten, die Schränke und schließlich in die eigenen Knochen. Dies bekam schon Frédéric Chopin am eigenen Leib zu spüren. Irgendein dummer Freund – oder ein gerissener Feind – hatte ihm empfohlen, mit seinem akuten Rheuma den Winter 1838/39 statt in Paris auf Mallorca zu verbringen. Das war seinerzeit keine Frage eines Fluges, sondern einer vierzehntägigen Kutsch- und Fährfahrt. In Valdemossa, ausgerechnet einem der zugigsten Käffer der Insel, wurde seine Krankheit schlimmer denn je. Fast wäre er krepiert im nassen Winter Südeuropas. Trotzdem schrieb Chopin auf Mallorca einige Stücke, darunter bezeichnenderweise die *Regentropfen-Prelude*. Besser, er wäre, statt nach Süden, nach Norden aufgebrochen, hätte den Winter in München oder Hamburg verbracht. Denn dort ist es zwar bitterkalt, drinnen indes, wo normalerweise auch das Klavier steht, ist es schön warm. Das muss man den Deutschen lassen: Sie können wenigstens heizen. Jeder Raum wird kuschelig gemacht, in jedem Zimmer, jeder Kammer hängen fest installierte Heizkörper, Kaminöfen knacken und glühen, und für Frauen beginnt die Zeit, in der sie am liebsten mit einem Wohlfühlbuch unter eine Wolldecke rutschen, an einem Das-ist-mein-Tag-Tee nippen und sich in der Vorstellung aalen, sie müssten nicht mehr raus. Derweil erging es Michael ab Mitte Dezember im feuchten Winter auf Mallorca nicht besser als einst Chopin. Dieser versuchte mit klammen Fingern Klavier zu spielen, Michael versuchte mit klammen Fingern die Knöpfe seines Handys zu treffen. Einmal erwischte er mich auf dem

Weihnachtsmarkt. Gerade war seine Rechnung von Vodafone abgebucht worden, er wollte es kurz machen und wiederholte erneut, wie gut es ihm gehe. Es klang aber inzwischen nach einer Zwangsneurose. Die Sonne zeige sich noch ab und zu, auch wenn es jetzt immer öfter regnete, aber der Moderator vom *Inselradio* hatte gesagt, in Hamburg schneie es. Er musste sich nach wie vor permanent vergewissern, dass er da war, wo er sein wollte. Ich beruhigte ihn, das Wetter in Hamburg sei wirklich scheußlich, der Verkehr aufgrund von zwei Zentimetern Neuschnees komplett zusammengebrochen. Zum Glück seien wir mit der U-Bahn zum Weihnachtsmarkt gefahren, Valérie habe gerade einen Schal gekauft, und nun würden wir einen heißen Glühwein trinken. Aber das war genau die Information, die Michael nicht gebrauchen konnte. Er fragte mich, ob wir schon gebrannte Mandeln gegessen hätten – ja, natürlich. Nach und nach gewann er eine genaue Vorstellung von dem, was ihm auf Mallorca fehlte. Zunächst Nachbarn, denn die meisten Häuser der Insel sind Feriendomizile. Mal gehören sie Festlandsspaniern, mal Deutschen oder Briten, eines aber haben alle gemeinsam: Ab Ende November stehen sie leer. Michael hatte sich für sein Apartment einen Gasradiator besorgt, eine Blechkiste, in der eine Propanflasche stand, deren Inhalt auf einer Membran abbrannte. Die Temperaturen näherten sich laut seinen SMS langsam der Zehngradmarke, «immer noch zehn Grad mehr als bei euch», tippte er. Kaum lief die Heizung, konnte er nicht mehr den herrlichen Blick aufs Meer genießen, da das Fenster so stark beschlug, als hätte er lange heiß geduscht, denn diese Zeltheizungen produzieren viel Feuchtigkeit. Die letzte Bar im Ort schloss, und auch der Bäcker läutete die Winterpause ein. Frustriert fuhr er in seinem Mietauto in die Dörfer im Inneren der Insel auf der Suche nach Supermärkten. Abends hockte er in seinem komplett gefliesten Zimmer. Alle anderen Apartments der Anlage waren dunkel, ihre Vorhänge zugezogen. Vom Meer her wehte der Mistral, ein energischer Wind, der schon im französischen Rhonetal beständig Bäume gen Süden bog und auf dem Wasser noch Fahrt aufnahm. Er ließ Türen klappern, warf auf den menschenleeren Terrassen Plastikstühle um und wiegte die Palmen. All die Rentnerbataillone waren inzwischen verschwunden, ob in das Innere ihrer Häuser oder zurück nach Paderborn und Saarbrücken, wusste man nicht. Nachdem Michael auf seinem Laptop eine DVD mit dem Film *Shining* angeschaut hatte, in dem Jack Nicholson als Schriftsteller im Winter einen Hausmeisterposten in einem geschlossenen Hotel in den Bergen antritt und durchdreht, rief er wieder an. «Wie geht's?», fragte er, «schneit es noch? Hier ist es eigentlich ganz schön.» Ich merkte, er war kurz davor, in Tränen auszubrechen oder sich eine Feueraxt zu schnappen und die Anlage zu zertrümmern. Mallorca im Winter ist nur etwas für Stephen-King-Fans, für Menschen mit starken Nerven.

Michael war augenscheinlich ganz allein in seinem Ort und pflegte deutsches Brauchtum: Er ging spazieren, auf der Suche nach Lebenszeichen. Die Fincas zeigten sich allesamt verschlossen und verlassen. Als er in einer Licht sah, frohlockte er, indes, jemand musste lediglich vergessen haben, die Lampe auszuschalten, denn weitere Lebenszeichen fehlten, wie zum Beispiel ein Auto, das in der Auffahrt stand und einem Menschen gehörte, der aus ihm ausstieg und in das Haus ging.

Aber auch ein Jeep unter einem Carport an einer anderen Straße entpuppte sich nach mehrmaligen Spaziergängen als unbenutzt, zurückgelassen von seinen Besitzern, die vielleicht lieber mit dem Taxi zum Flughafen gefahren waren. Der gleiche Irrtum widerfuhr Michael mit zwei Handtüchern, die er auf der Terrasse eines anderen Hauses auf der Leine entdeckte: Die musste doch gerade jemand aufgehängt haben – doch nach zwei Wochen hingen sie immer noch dort. Mit hohler Stimme berichtete Michael, wie er über den Zaun gestiegen war und die Handtücher ihm – verschimmelt und vertrocknet – in der Hand zerbrochen waren. Es schien, als sei eine Neutronenbombe niedergegangen, habe alles menschliche Leben vernichtet und nur Autos, Häuser und Handtücher verschont. Umso bedrohlichere Lebendigkeit verströmte für Michael ein LKW der Müllabfuhr, der jeden Abend den verlassenen Ort ansteuerte. Vielleicht hatte jemand den Sommer- mit dem Wintereinsatzplan vertauscht, vielleicht gehörte es auch zur Routine von spanischen Müllmännern, sich ihren Job nicht dadurch in Frage stellen zu lassen, dass niemand mehr da war und etwas in die grünen Container stecken konnte. Tatsächlich kam der Truck jeden Abend, kündigte sich schon von weitem durch ein Dröhnen an und tauchte von einem Moment auf den anderen Straße und Häuserwände in sein oranges, rotierendes Warnlicht. Die beiden Kerle auf dem Trittbrett ließen es sich nicht nehmen, jeden leeren Container einzeln anzuheben und seine Leere mit dem Hebearm in den Innenraum des Trucks zu kippen. Vielleicht sammelten sie Luft. Nur vor Michaels Apartment winselte die Presse und brach einigen Verpackungen das Genick. Ihn beunruhigte die Vorstellung, diese Typen könnten in der Abgeschiedenheit auch einfach *ihn* in die Presse schmeißen, ohne dass jemals jemand davon erfahren würde.

Zu dieser Zeit begann ich damit, Michael in unseren Telefonaten die Vorzüge seiner Situation dazulegen, ihm selber fehlte die Kraft dazu: «Okay, es ist alles verlassen um dich herum, aber wie oft hast du dich nach echter Ruhe gesehnt? Nun hast du sie, also genieß sie! Hier ist es lausig kalt, es gibt sogar Packeis auf der Elbe, und als ich gestern einen Tannenbaum kaufen wollte, musste ich mit dem türkischen Christbaumhändler endlos um den Preis feilschen, ganz zu schweigen von den Schwierigkeiten, dieses Gewächs so aufzustellen, dass Valérie es als gerade empfand.» Hatte ich ein Schluchzen am anderen Ende der Leitung gehört? «Was ist los?», schrie ich Michael an. «Du willst doch nicht deine Ruhe gegen unseren Feierabendverkehr tauschen, weißt du, was man hier mit Menschen macht, die keine Winterreifen aufgezogen haben? Im Übrigen hat Valérie steinharte Kokosmakronen gebacken und in große Dosen gefüllt, und ich muss nun so tun, als wenn sie besser schmecken als die von meiner Mutter, ist es das, was du auf Mallorca vermisst? Schlechten Glühwein und das Gefühl, mit geschätzten zehn Millionen anderen Menschen ein Geschenk im Kaufhaus zu kaufen? Deren Nerven an der Schranke am Parkhaus versagen, wenn jemandem bei der Ausfahrt das Ticket aus der Hand fällt? Vermisst du ernsthaft die dekadente Adventsbeleuchtung in der Stadt, die den Klimawandel anheizt, und all die Kinder, die mit Blockflöten in der Fußgängerzone schief ‹Stille Nacht› spielen?» Mir war, als hätte ich an dieser Stelle ein leises «Ja» gehört, bin mir aber nicht sicher, vielleicht hat Michael wegen meiner Standpauke auch nur wütend eingehängt. Eine Weile hörte ich nichts mehr von ihm.

Erst nach Tagen klingelte mein Handy wieder, es war kurz vor Weihnachten, Michaels Nummer war auf dem Display, er schien ganz der Alte zu sein: «Hey, wie sieht's aus? Wie ist das Wetter bei euch?» Ich hatte ehrlich gesagt keine Lust mehr, diese sinnlosen Gespräche fortzusetzen, sagte knapp: «Es schneit, vielleicht ist es auch Regen, man nennt das wohl Graupelschauer.» Er schien völlig aufgedreht. «Gibt's ja nicht, bei mir auch!» – «Wie, bei dir auch?» Dann atmete er durch und sagte: «Ich steh vor deiner Tür.» Zum Glück hatte ich noch ein Pils im Kühlschrank – ein passendes Getränk zu den hölzernen Kokosmakronen, die Valérie wie Würfel auf einen Teller fallen ließ. Michael war sehr überrascht, dass er in der Lage war, Heimweh zu empfinden. Drei Monate hatte er es geschafft, nun saß er auf unserem Sofa und drehte, während wir uns unterhielten, immer wieder den Kopf, blickte auf vertraute Bilder und Möbel, schaute vergnügt in unsere Gesichter, ein Heimkehrer. Auf Mallorca musste er sich täglich die Frage beantworten, warum er dort war. Es gab zwar viele Antworten, weil Fincas viel hübscher sind als deutsche Reihenhäuser, weil hier Meer und Natur einmalig sind, weil die Sonne scheint. Warum reichte es nicht, diese Frage einmal zu beantworten, warum musste es täglich sein, so wie es die Moderatoren vom *Inselradio* vormachten? Weil irgendwas in uns diese Frage jeden Tag wieder aufwirft. Auch der Schriftsteller Jonathan Franzen, geboren in Chicago, kennt sie. Er lebte in New York, in Berlin, in Kalifornien und vielen weiteren Orten, aber nur in Chicago sei er vor dieser Frage sicher. Für ihn lautete sie: «Warum gerade hier?» Sie stellt sich zu Hause einfach nicht, wir gehören dorthin.

Heimat muss man nicht erobern, sie wird einem geschenkt. Die Wälder im Wendland, in denen ich die Sommer meiner Kindheit verbrachte, gehörten mir ebenso selbstverständlich wie heute meine Stadt. Oft sagen Menschen, dass sie in ihrer Stadt das Gefühl haben, sie sei ihre, wie ein eigenes Zimmer. Dabei gehört die Stadt natürlich vielen gleichzeitig und gibt dennoch allen, die sie als Heimat betrachten, das Gefühl, sie sei nur für sie da. Auch mein Land, das mich mit Vertrautem umgibt, ist meines und ich ein Teil von ihm. Das alles ist kein Plädoyer gegen das Reisen, dagegen, in fernen Ländern zu wohnen – im

Gegenteil –, denn erst dabei wird einem klar, was Heimat ist: das, was man vermisst. Und eigentlich ist es auch eine schöne, wenn auch schmerzhafte Entdeckung, dass wir dieses starke Gefühl, eine Sehnsucht nach unseren Ursprüngen, haben können, eben Heimweh, und das, obwohl wir doch schon so lange erwachsen sind.

Während ich dieses Buch schrieb, stieß ich auf den Text eines Liedes der Sängerin Anna Depenbusch. Er trifft den Kern dessen, was ich sagen wollte, derart genau, dass ich verblüfft, nein: beeindruckt war, wie eine Dichterin in wenigen Zeilen all das zu sagen vermag, wofür ein Bücherschreiber ein ganzes Buch füllen muss. Von Anna Depenbusch gesungen, entfaltet dieser Song eine enorme Kraft, also hören Sie ihn sich an:
www.annadepenbusch.de.

Meine Heimat und ich
sind wie Schatten und Licht
eng verbunden.
Meine Heimat und ich sind
verwandt für den Rest dieser Zeit.

Ich hab sie so oft verflucht
zu leugnen versucht
gemieden immer mehr
jedesmal fehlt sie mir.

Weil ich hier hergehör.
Ob ich will oder nicht
ja, ich hab keine Wahl
denn sie hat mich
ganz egal wo ich bin.

Meine Heimat ertränkt ihre Sorgen
in ständigem Fernweh.
Meine Heimat hat Narben
so tief für den Rest dieser Zeit.

Ich hab sie nie so gesehn
sie ist wunderschön.
Es hat mich immer ins Weite getrieben
ich bin ihr jedesmal treu geblieben.

Weil ich hier hergehör.
Ob ich will oder nicht
Ich hab keine Wahl
Denn sie hat mich
ganz egal wo ich bin.

Sie hat mich
ganz und gar

Kleine Heimaten

Ich habe Freunde, Bekannte und Kollegen einmal gebeten, die folgenden Fragen zu beantworten: Was ist Heimat für dich? Wenn du einen freien Tag hast und den zu Hause verbringst – wie könnte er typischerweise aussehen? Was schätzt du an deinem Wohnort? Was an Deutschland? Was nervt dich an Deutschland? Zurück kamen die folgenden Antworten, die zusammen ein schönes Bild von Heimat heute malen.

Svenja, 36, Tanzpädagogin, Hamburg
Ich lebe in der Hallerstraße unweit der Alster, bin von lieben Menschen umgeben, die mich so akzeptieren, wie ich bin, und mir trotzdem mal die Meinung sagen. Vormittags laufe ich lange in Schlafanzughose herum, dann gibt es im Grindelviertel erst mal einen Kaffee beim Portugiesen, danach werden bei *Lüttes + Liebes* schöne Dinge gekauft, die man nicht braucht, ein weiterer Kaffee im *Café Liebling* getrunken oder in der *Amphore* am Anleger. Hier kann man bei gutem Wetter den großen Dampfern hinterhersehen und herrlich Pläne schmieden, was als Nächstes auf der Reiseliste steht, um festzustellen, wie wenig Zeit man dafür eigentlich hat. Ich mag das Kreischen der Möwen, den Blick auf das viele Wasser, das Weltgewandte und Dunkelblaue meiner Stadt.

Nicole, 31, wissenschaftliche Mitarbeiterin, Frankfurt am Main
Ja, ich gehe gerne spazieren! Am liebsten am Mainufer mit

anschließendem Besuch im *Café Molokko*. Per SMS habe ich mich dort meistens schon mit einer Freundin verabredet. Ich mag an Frankfurt die Toleranz, man ist international, außerdem hat die Stadt eine anständige Skyline! An Deutschland hasse ich die Meckerei, alles ist schlecht, gebe aber auch zu, dass auch ich mir manchmal Sorgen mache, wegen des Euros, den viel zu wenigen Kindern. Aber eigentlich bin ich Optimist. An Deutschland mag ich Germknödel mit Vanillesoße und Mohnstreusel.

Annette, 32, Künstlermanagerin, Berlin
Ich gehe gerne in den Mauerpark oder den Volkspark Friedrichshain, dann geht's Kaffeetrinken am Helmholzplatz. Berlin ist die einzige Hauptstadt Europas, in der man mit wenig Geld famos leben kann. Nur die Wohnungen werden langsam teurer. Ich mag die Extreme Berlins, Spießer, die am geöffneten Fenster auf die Straße gaffen, wo gibt es so was noch? Künstler, die ohne feste Adresse mal hier und mal da übernachten, irgendein Freund öffnet immer die Tür. Klar, die Taxifahrer sind kackfrech, aber man darf sie auch selber anpöbeln, sie können das ab. An Deutschland nervt mich das Klein-Klein, ein Schritt vor, zwei zurück. Auf der Plus-Seite stehen die sozialen Errungenschaften, die wir verteidigen müssen, und all das Grün. Wenn ich Berlin verlasse, erschlägt es mich, all die großen Bäume.

Arne, 38, Webdesigner, Hannover
Heimat ist für mich im Winter Frust, man kann nicht raus, im Frühling ist es immer noch kalt, warten, Schnee zu Ostern, dann endlich Spargel und Sonne, Wespen schwimmen in der Cola, man isst Erdbeeren, Pflaumen, huch, schon wieder Herbst! Heimat ist für mich auch, meine Sprache sprechen zu können, kein Übersetzen, alles verstehen. Mich auszukennen in der Gegend,

bei den Menschen. Hannover ist nicht so die Stadt zum Angeben, aber das ist okay, deshalb sind die Leute hier nicht so arrogant. Hier lebe ich Freundschaften, die nicht an Bedingungen geknüpft sind. An den Deutschen nervt mich, dass sie so geräuschempfindlich sind. Meine Nachbarin hat mich gezwungen, Filzpantoffeln zu tragen, weil ich über ihr wohne und Dielen habe, das nervt. An Deutschland mag ich, dass wir zwar viel arbeiten, aber auch viel Urlaub machen; ich glaube *Made in Germany* hat immer noch einen guten Ruf.

Sascha, 45, Gitarrist, Köln
Heimat ist für mich, wenn ich mir meine Tochter, gerade vier Jahre alt, schnappe und wir zum Rhein fahren, Kähne gucken. Dann geht's in die Waschanlage, natürlich im Auto, das mag sie, vor allem die lauten Staubsauger mit dem Rüssel. Auf dem Rückweg gibt es einen Kaffee von McDrive (nur für mich), wir hören laute Musik und machen alles, was ihre Mutter ihr nicht erlauben würde. In Köln sind die Leute lockerer und nicht so verkrampft; ich glaube, hier bleibe ich, hier kenne ich mich aus, hier wurde ich schon geboren. Mit Kind kann man eh keine großen Sprünge machen. Fischstäbchen um eins, Abendbrot um sieben oder was vom Lieferservice. Sobald die Kleine schläft, gibt es vielleicht noch eine Folge «King of Queens» auf DVD, ab und zu kommen auch Freunde vorbei, die dürfen nicht zu laut lachen, da unsere Wohnung winzig ist. Da Kinder müde machen, sind auch wir bald müde.

Kathrin, 34, Stiftungsreferentin, Hamburg
Heimat ist für mich die Koordinate, von der aus sich die Welt ermessen lässt. Ich glaube, es braucht Heimat, um weltoffen zu sein. Dabei setzt sich eine Koordinate im Wortsinn ja aus

mehreren Werten zusammen. Für mich ein schönes Bild für die Menschen heute, deren Biographie nicht mehr nur von einem geographischen Ort geprägt ist. Mein Heimatgefühl ist tief verwurzelt auf dem elterlichen Bauernhof in der Nähe von Osnabrück und umfasst heute – einige Stationen im Lebenslauf später – Orte und Personen, die meinen Ausgangspunkt im Leben mit definieren. Zu einem perfekten Tag zu Hause gehört mein liebster Mensch, ein guter Kaffee, Zeit zum Leben, zum Bewegen, zum Freundschaften pflegen. An Deutschland schätze ich die kulturelle Vielfalt, den Platz für Individualität sowie die Demokratie. Genervt bin ich, wenn Heimatliebe mit Deutschtümelei verwechselt wird – von Deutschen oder im Urteil über Deutsche.

Holger, 69, Rentner, Göttingen
Mit dem Begriff Heimat tue ich mich schwer. *Die* Heimat gibt es für mich nicht. Stückweise ist es meine Geburtsstadt Lübeck, vor allem aber meine Familie. Dort, wo ich lebe, fühle ich mich wohl, aber es ist nicht originär meine Heimat. Einen typischen freien Tag verbringe ich mit Einkaufen, Training im Fitness- und Gesundheitszentrum, einer Radtour, Ausflügen, Wandern, dem Studieren einschlägiger Gazetten, Fernsehen, vielleicht einem Theater- oder Konzertbesuch, mit ehrenamtlicher Tätigkeit. An Göttingen schätze ich die Beschaulichkeit einer kleinen Großstadt mit viel Grün, die kurzen Wege zu einem Ziel, wo immer es liegt, gute Einkaufsmöglichkeiten, die zentrale geographische Lage der von fast 30 000 Studenten geprägten Stadt. An Deutschland nervt mich das Ausspielen der Gruppen gegeneinander (Rentner gegen Junge, Ärzte gegen Patienten usw.) und die leidige Diskussion um die Finanzierbarkeit unseres Gesundheitssystems, die Schwarzweißmalerei. An meinem Land

schätze ich, dass bei uns Frieden und Demokratie herrschen, das Gesundheitssystem als solches, das Miteinander unterschiedlicher Kulturen und die schönen Landschaften.

Andreas, 36, Projektmanager, Bremen
Heimat ist für mich meine Familie, meine Stadt, mein Verein. Wenn ich einen freien Tag habe und den zu Hause verbringe, werde ich typischerweise zu früh wach wegen meines anderthalbjährigen Lütten, gehe dann raus, weil es hier überall schön ist. Ich genieße es, mit meinen Liebsten einfach hier zu sein, denn hier will ich sein. An Bremen schätze ich die Grenze zwischen den Elementen, Stadt und Leute, an Deutschland: die Wurst.

Robert, 27, Modedesigner, New York
Heimat spricht meine Sinne an. Heimat ist Geborgenheit. Meine Heimat ist Schweden, obwohl ich in Deutschland aufgewachsen bin. Der Sommer in Schweden, der Geruch von nassem Holz und einer grünen Wiese, nachdem es geregnet hat – das ist Heimat.

Wenn ich einen freien Tag habe, schlafe ich aus, ziehe die Laufschuhe an und jogge zum Central Park. Genieße diese pulsierende Stadt, das Wasserreservoir inmitten der Hochhäuser, die Kirschblüten im Mai. Danach setze ich mich in mein Lieblingscafé *once upon a tart* in Soho und beobachte die Menschen. Gestärkt flaniere ich dann durch die Stadt, gehe shoppen, ins MOMA oder in eine andere neue Ausstellung. Ich entdecke Neues, was hier in New York immer wieder möglich ist. Abends treffe ich mich mit meinen engen Freunden und gehe ins *Freemans*; danach nehme ich noch einen Absacker im *Commerce* in Greenwich Village.

New York ist weltmännisch, bietet viele Möglichkeiten und

hat einen besonderen Spirit – das gefällt mir sehr. Gleichzeitig zu wissen, dass Deutschland ein Teil meiner Vergangenheit ist und ich jederzeit zurückkommen kann, gibt mir ein gutes Gefühl. Obwohl ich es anstrengend finde, in Deutschland so oft NEIN zu hören. Das ist in Amerika anders. Die hiesige Einstellung «Ich kann alles erreichen» gefällt mir und entspricht meiner Mentalität und meinem Glauben.

Fanny, 42, Unternehmerin und Coach, Stockholm
Heimat ist für mich dort, wo ich meine Wurzeln habe, wo meine Vergangenheit liegt. Das sind für mich mehrere Orte und Länder, da ich an vielen Orten in meinem Leben zu Hause war. In Stockholm ist man nah an der Natur, das gefällt mir sehr. Deutschland ist ein Teil meiner Vergangenheit, wenn ich an meine Zeit dort zurückdenke, habe ich besonders die Vielseitigkeit dieses Landes genossen, in jeder Hinsicht. Auffällig ist der unverschämte Ton, den viele Deutsche haben. Bin ich allerdings wieder lange genug zu einem Besuch in Deutschland, habe ich mich auch wieder an diesen Ton gewöhnt.

Mike, 52, Filmemacher, Wuppertal
Es fällt mir bis heute schwer, Wuppertal zu lieben, es ist einfach eine scheußliche Stadt, aber wenn ich länger weg bin, vermisse ich doch irgendwie was – nicht die Autobahn, die auf einer Betonbrücke so über die Stadt gebaut wurde, dass man sie wirklich überall hört, natürlich eher Freunde, meine Frau, meine Band, die wahrscheinlich niemals ein Konzert vor der Eisentür des Probenraums machen wird. Die Leute hier sind verschlossen, man muss bohren und bohren, und manchmal hat man keine Lust mehr dazu. Es gibt hier wenig, was glänzt, aber es gibt was, und das zeige ich gerne. Idyllische Straßen, verträumte

Häuser und das Grün drum herum. Unsere Wohnung ist groß und günstig und voller Erinnerungen an Reisen durch die Welt. Irgendwann möchte ich mal in Israel leben, in Tel Aviv. Ob ich dann Wuppertal vermisse? Vielleicht. Aber eins weiß ich genau, egal wie lange ich weg bin, wenn ich wiederkomme, sagt man «Na, wieder da?», und alles ist wie vorher, auch die Freunde sind noch da. Zurückkommen kann ich immer.

Und Sie, liebe Leserin, lieber Leser – gehören Sie eher zu den Ratlosen oder zu denen, die wissen, was ihnen Heimat bedeutet? Sie haben jetzt manche Stunde mit meinen Gedanken sitzend oder liegend verbracht – ob Sie diese bewegten, zum Lachen oder Nachdenken anregten, werde ich wohl nie erfahren. Oder doch? Surfen Sie doch einmal zu meinem Leser- und Zuschauerforum auf www.schnoy.de und schreiben Sie mir. Vielleicht gehören Sie sogar zu denen, die andere Familienmitglieder zwingen, spazieren zu gehen?

DANKSAGUNG

Schreibende haben mitunter Schwierigkeiten, die Wichtigkeit ihrer Arbeit im Alltag zu erklären, zum Beispiel den Umstand, dass sie Zeit braucht. Niemand würde auf die Idee kommen, eine Lehrerin inmitten der Deutschstunde anzurufen und zu fragen, ob sie nicht Lust habe, eine Partie Tennis einzuschieben. Oder einen Automechaniker, ob er nicht kurz zum Brunchen kommen könne. Kinder und erst recht Autos können ja wohl ein bisschen warten, oder? Lehne ich Derartiges mit dem Hinweis ab, ich sei gerade am Schreiben und müsse dies auch noch einige Stunden fortsetzen, treffe ich oft auf schnippisches Unverständnis. Klar, du musst schreiben, aber das geht ja auch noch später, oder? Deshalb gilt mein besonderer Dank all jenen, die dies respektierten, sich nicht beschwerten, dass ich nicht kurz telefonieren wollte, obwohl ich doch augenscheinlich da war, Facebookanfragen («Wie läuft's?») erst ein halbes Jahr später beantwortete («Läuft!»). Ich danke Barbara Laugwitz für den Kaffee im *Sweet Virginia*, bei dem wir die Idee für dieses Buch ersonnen haben; Julia Vorrath für die kritische Begleitung des Manuskripts; meiner Managerin Vanessa de Boer ebenfalls für die Ideen rund ums Buch und die Hilfe für Dinge, die andere Menschen allein hinbekommen («Du brauchst einen Abschleppwagen in Sarajevo? Ich kümmere mich.»). Sören Sieg danke ich für die anregenden Gespräche über Heimat; Nadine und Dennis von der *Casa Poesia* in Cala Llombards/Islas Baleares für die Möglichkeit, in einem Zimmer ihres Hotels zu schreiben, als sie eigentlich schon geschlossen hatten. Dem *Writers Room* in Hamburg, in dem ein anderer Teil des Buches entstand, gilt ein weiterer Dank. Elisa Wolter danke ich für rund neunzig Coverentwürfe. Am wenigsten von einem haben in der heißen Schreibphase die, die am meisten von einem haben sollten, deshalb gilt mein größter Dank meiner Familie.

Werden Sie Fan!
facebook
SCHNOY AUF
DEUTSCHLANDTOUR
Termine und Infos unter: www.schnoy.de

ANDERE SCHNOYHEITEN

»Sebastian Schnoy ist der Guido Knopp des Kabaretts.« *Die WELT*

Schnoy porträtiert in seiner politisch erfrischend unkorrekten Rundreise die »europäische Familie« *FAZ*

Menschen, die mehrere Sprachen sprechen, nennt man multilingual; Menschen, die zwei Sprachen sprechen bilingual und solche, die nur eine Sprache sprechen, nennt man Franzosen. Wie ticken wir Europäer und wie sehen uns die Nachbarn? Ist die Körpergröße der Holländer von im Schnitt 1,88 Meter eine genetische Anpassung, falls die Deiche brechen?

Sicher ist in Europa nur eines: ein Deutscher konnte nur Papst werden, weil Benedikt sein Handtuch auf den Heiligen Stuhl gelegt hat. Mit seinem Witz und dem untrüglichen Gespür für Subtilitäten nimmt der Hamburger Kabarettist Sie mit auf einen unterhaltsamen Streifzug durch Europa. Nie war Geschichte fesselnder.

»Die Kabarettszene gebiert ein neues Genre, und Schnoy gehört zu den Geburtshelfern.« *Frankfurter Neue Presse*

»Völkerkunde zum Schieflachen.« *Neue Westfälische*

WWW.SCHNOY.DE ★ DE BOER MANAGEMENT

T+49 40 430 941 34
mail@vdeboer.de